Marcel R

La vie et la passion de Dodin Bouffant gourmet

Roman

 Le code de la propriété intellectuelle du 1er juillet 1992 interdit en effet expressément la photocopie à usage collectif sans autorisation des ayants droit. Or, cette pratique s'est généralisée dans les établissements d'enseignement supérieur, provoquant une baisse brutale des achats de livres et de revues, au point que la possibilité même pour les auteurs de créer des œuvres nouvelles et de les faire éditer correctement est aujourd'hui menacée. En application de la loi du 11 mars 1957, il est interdit de reproduire intégralement ou partiellement le présent ouvrage, sur quelque support que ce soit, sans autorisation de l'Éditeur ou du Centre Français d'Exploitation du Droit de Copie , 20, rue Grands Augustins, 75006 Paris.

ISBN : 978-3-98881-117-2

10 9 8 7 6 5 4 3 2 1

Marcel Rouff

La vie et la passion de Dodin Bouffant gourmet

Roman

Table de Matières

Justification	7
Quatre artistes et Eugénie Chatagne	10
Dodin, Vénus et la gargote	20
Le quatrième apôtre	31
Dodin-Bouffant, un pot au feu et une altesse	38
Où Dodin-Bouffant fait une fin	58
Pauline d'Aizery ou la dame de cuisine	67
La crise	90
Dodin chez les barbares	98
Retour et serment	118

Justification

J'ai longtemps hésité à terminer et à publier, après la guerre, ce livre commencé à la veille de la catastrophe. Certains seront en droit de me reprocher ce qu'ils appelleront des futilités gastronomiques, alors que de si graves préoccupations obsèdent les hommes à peine convalescents, et me flétriront de discuter de la sauce d'un turbot quand les barbares sont plus que jamais aux portes de Rome. Je m'y suis décidé pourtant, et j'ajoute à l'apparente inconvenance d'inviter mes lecteurs à la cuisine, alors qu'ils devraient pérorer au forum, l'audace de plaider « non coupable ». Je pourrais emprunter les éléments de ma défense aux pensées coutumières de Dodin-Bouffant lui-même et à quelques immortels aphorismes de l'ombre auguste dont j'inscris le nom terrestre en tête de ces pages. Si l'on admet avec l'homme dont j'évoque en ces chapitres la sainte existence – et avec moi-même – que la cuisine est l'art du goût, comme la peinture est l'art de la vue et la musique l'art de l'ouïe, n'est-ce pas l'heure et le lieu de glorifier ces créations spontanées de la fantaisie et de la sensibilité humaines auxquelles, en fin de compte, nous serons peut-être obligés, demain, de demander les règles et fondements de la nouvelle morale, si la raison persiste à nous les refuser ? L'argument d'ailleurs sera assurément attaqué. La cuisine est encore la victime de bas et déplorables préjugés. Ses plus nobles génies n'ont point encore conquis leurs droits entre Raphaël et Beethoven et, avant qu'on admît de découvrir un modeste enseignement en ce recueil d'humbles nouvelles, il nous aurait fallu écrire un gros livre pour soutenir, en thèses, contre-thèses et synthèses, que l'art gastronomique, comme tout autre art, comporte une philosophie, une psychologie et une éthique, qu'il est partie intégrante de la pensée universelle, qu'il est lié à la civilisation de notre terre, à la culture de notre goût et, par là, à l'essence supérieure de l'humanité. J'ai toujours cru que l'art était l'effort du génie pour retrouver et exprimer l'harmonie profonde et absolue dissimulée sous les apparences désordonnées et chaotiques de la nature. Je n'ai point forgé cette définition à l'usage de la passion dominante de mon héros. Mais comme elle s'y ajuste ! Étalez pêle-mêle, sur une large table, tous les produits animaux et végétaux de la terre, du ciel et de l'onde, et songez à l'effort intellectuel, à la géniale intuition qui les harmoniseront, les doseront, arracheront à leur rude enveloppe, à leurs chairs mortes, toutes leurs saveurs, combineront leurs valeurs, leur raviront toutes les voluptés que la nature y a encloses et qui y dormiraient à jamais, inconnues et inutiles, si le cerveau et le goût humains n'étaient point là pour les forcer à livrer leurs savoureux secrets.

Mais je m'arrête à cette esquisse sommaire d'une philosophie de la cuisine transcendantale.

Une autre raison m'a aidé à me résoudre. À cette heure où la France, qui n'a sauvé la liberté qu'au prix de profondes meurtrissures, compte, en face de l'avenir, les gloires de son passé et fait, pour ainsi dire, l'inventaire de ses trésors devant la tâche de demain, il m'a semblé qu'il ne pouvait pas être nuisible à ses destinées de parler avec conviction et amour d'une œuvre par où elle a toujours surpassé les autres nations.

La grande, la noble cuisine est une tradition de ce pays. Elle est un élément séculaire et appréciable de son charme, un reflet de son âme. Déformant et simplifiant une grande pensée de Brillat-Savarin, on peut affirmer que, partout ailleurs, on se nourrit ; en France seulement, on sait manger. On a toujours su manger en France comme on a su y bâtir d'incomparables châteaux, y tisser d'admirables tapisseries, y fondre des bronzes sans pareils, y fabriquer des meubles inimitables, y créer des styles, pillés ensuite par le monde entier, y inventer des modes qui font rêver les femmes de toutes les latitudes, parce qu'on y a du goût, enfin.

Légère, fine, savante et noble, harmonieuse et nette, claire et logique, la cuisine de France est intimement liée, par des relations mystérieuses, au génie de ses plus grands hommes. Il y a moins loin qu'on ne pense entre une tragédie de Racine, par exemple, et un repas conçu par le compétent et merveilleux amphitryon que fut Talleyrand, pour ne citer qu'un seul gastronome. Le sens de l'ordonnance, la pureté du plaisir, la dignité de la sensation, l'amour de la ligne sont de même race chez le poète et chez le gourmet. Si la mortadelle, qui n'est point méprisable, certes, touche de près à Goldoni, si les gelées roses escortant le « rehbraten à la sauce jaunâtre » ou si les « boulettes de la Forêt-Noire » sont lourdes, épaisses, massives comme la pensée, la littérature et l'art allemands, il y a dans la quiche lorraine, ou le foie périgourdin, ou la bouillabaisse marseillaise, ou le cul de veau angevin, ou le civet savoyard, ou le gratin dauphinois, toute la richesse raffinée de la France, tout son esprit, toute sa gaieté des mauvais comme des bons jours, tout le sérieux aussi qui se dérobe sous ses charmes, tout son goût de l'intimité libre, toute sa malice et sa pondération, tout son esprit d'épargne et de confortable, toute sa force substantielle, toute l'âme de sa terre grasse, féconde et travaillée dont ses crèmes parfumées, ses volailles neigeuses, ses légumes délicats, ses fruits juteux, son bétail savoureux et ses vins francs, souples et ardents, sont les manifestations bénies.

La cuisine française est sortie de la vieille terre gallo-latine ; elle est le sourire de ses campagnes fécondes. La France ne serait plus la France le jour où on y mangerait comme à Chicago ou comme à Leipzig, où on y boirait comme à Londres ou à Berlin. Le goût de la gastronomie est inné dans la race. On ne peut pas, on ne sait pas y traiter à la légère l'auguste tâche de cuisiner. Je me rappellerai toute ma vie qu'en 1916, parcourant le front de Champagne, dans Reims bombardé, dans Fismes menacé, dans Soissons à moitié détruit, on m'a servi des repas plantureux comme je n'en ai jamais mangé, en pleine paix, ni à New York, ni à Vienne, ni à Constantinople.

Imbu de ces idées, ai-je donc commis un crime en essayant de camper, dans ces quelques pages, au milieu de soldats couverts de gloire et d'exploits, de diplomates et de ministres chargés du lourd devoir de reconstruire un monde, de chefs populaires soucieux d'arracher la justice a ceux qui détiennent la fortune, la figure, peut-être surannée, mais en tout cas passionnée, de ce vieux magistrat en retraite, compatriote de l'illustre auteur de la *Physiologie du goût* et qui, au fond de sa province jurassienne, a consacré sa vie et son amour à une des traditions les plus vieilles et les plus essentielles de sa patrie ? Dodin-Bouffant est gourmet comme Claude Lorrain est peintre, comme Berlioz est musicien. Il est de taille moyenne ; il est puissamment taillé ; il est gras avec dignité et élégance. Il est presque blanc de cheveux. Il a la lèvre rasée. Il porte des favoris. Il parle sans hâte, ferme les yeux pour se recueillir, émet sans pédanterie des aphorismes, aime la malice, ne redoute point les gaillardises. Il se plaît, au dessert, à raconter à des amis bien choisis les souvenirs de sa jeunesse, et c'est l'unique raison qui lui fait préférer le bourgogne au bordeaux. Il vit aimablement avec son bien familial. C'est un sage et c'est un vieux Français.

Quatre artistes et Eugénie Chatagne

Un brûlant midi d'été sur la place de la Mairie, déserte, incendiée de lumière. La vie n'y est plus représentée que par des tilleuls grillés et poussiéreux. Le vide et la chaleur ont envahi le petit Café de Saxe, ancienne hostellerie provinciale où le duc de Coulante daigna jadis se restaurer d'une fricassée et de trois larges fioles d'un vin frais du pays.

L'ombre de la salle, fille de stores jaunâtres et douteux, n'est piquée que par les taches brunes des quatre banquettes de moleskine, par le marbre usé des tables, par les transparences vertes, jaunes et rouges des ratafias, apéritifs et liqueurs qui font au patron, derrière son comptoir, une auréole multicolore et alcoolique. En manches de chemise, gras et luisant, chauve et morose, il observe, sur son haut tabouret et à l'abri d'une pyramide de verres, une réserve qu'on sent inaccoutumée et qui, pour être sans cesse agitée par les efforts spasmodiques qu'il fait en repoussant une invasion de mouches acharnées aux plis de sa graisse, semble chargée d'une grande détresse et d'une vague angoisse.

Cette détresse et cette angoisse rôdent aussi, sans aucun doute possible, dans l'âme de deux clients qui ruminent un souci commun devant des tasses à café vides, escortées d'un appareil compliqué de boîtes, de réchauds et de récipients où s'élabora le précieux liquide.

Le plus maigre, ou plutôt le moins gras, soulève lentement d'entre ses mains, appuyées, par l'intermédiaire de longs bras, sur le marbre de la table, une tête blanche quant au poil, rouge à l'extrême quant à la peau, et montre une face où le regard est immédiatement sollicité par des lèvres si curieuses qu'elles accaparent l'attention, des lèvres minces et allongées qui semblent éternellement faire glouglouter dans le gosier un nectar dont elles cherchent tout le parfum.

— Et puis, Dodin, lui, résistera-t-il au coup ? C'est le bouleversement de toute sa vie.

Ces mots navrés, prononcés par Magot avec un tremblement,

sont tombés dans un silence que le bourdonnement des mouches indomptables ne trouble même plus. Magot est effondré sur la banquette et laisse proéminer un ventre qui, sans rien de grotesque encore, bombe un peu et semble offrir à d'invisibles amateurs une immodeste chaîne d'or. Il mâchonne une moustache tombante, une de ces moustaches qui sont faites pour ruisseler de vin après boire et qui mettent leur propriétaire dans l'alternative de se passer des plus succulents potages ou de se ruiner chez les dégraisseurs. Ses yeux, petits et jouisseurs, sont étranges quand – et c'est le cas – un chagrin se mêle à leur naturelle joie. Il est visiblement en proie à une de ces douleurs de gros homme qu'une nuance fait ridicule.

— Ah ! je n'ose y penser, répond Beaubois après un silence.

Beaubois est notaire, Magot est marchand de bestiaux.

La menace du malheur qui plane sur l'auberge a atteint les deux seuls autres clients ; un peu à l'écart, dans l'attente d'un événement qu'ils ignorent, ils ont interrompu leur jeu de jacquet ; ces hôtes d'occasion, commis voyageurs dont le bagout s'éteint dans l'atmosphère de catastrophe qui pèse sur la ville, sont visiblement un peu gênés d'assister en étrangers aux signes précurseurs d'une grande douleur intime.

Oui… sur la ville, car les rares passants qui circulent encore à cette heure étouffante vont lentement, s'abordent avec des hochements de tête, traversent côte à côte la place, viennent, du seuil du café, sans descendre les deux marches, adresser un signe de tête interrogateur, quêteur de nouvelles, au patron, assez fier, en somme, d'être mêlé à l'événement. Puis ils jettent sur Beaubois et Magot un de ces regards indéfinissables avec lesquels les hommes plaignent ceux qui vont souffrir et se félicitent d'être eux-mêmes épargnés.

Beaubois, inconsciemment, par habitude, pour attendre et pour se réconforter, remplit une nouvelle fois un verre à bordeaux du liquide doré qui coule, épais, d'une bouteille bien ventrue ; il consulte sur les flancs rebondis, sans y penser, l'étiquette indicatrice qu'il sait par cœur. Il hume le bord du verre, serré dans sa main fermée ; il le penche, y passe sa langue et clôt les yeux.

— Cinquante-six ans ! Ça n'est pas vieux !

Les promeneurs, encore peu nombreux, bien que deux heures soient sonnées, s'arrêtent tout à coup et parlent bas, puis emboîtent le pas derrière le docteur Rabaz qui traverse la place, pressé, courbé en deux, la tête penchée, de cette allure pompeuse et méditative propre aux porteurs d'une grave nouvelle et aux gens en proie à de pressantes douleurs d'entrailles.

Quelques-uns l'interrogent ; il ne répond que par un hochement de tête. L'émotion l'étouffe. D'une main, il tient un grand mouchoir dont on ne sait s'il éponge des larmes ou de la sueur ; de l'autre, il comprime un endroit indéterminé de son corps qui peut être son cœur ou son estomac. Le patron du Café de Saxe, qui le voit venir de loin, laisse tomber vers Magot et Beaubois, pour les préparer à l'irréparable :

— Le docteur !

Et ceux-ci sont déjà debout, vers la porte, les bras ballants, désemparés.

Le patron a quitté son comptoir, les commis voyageurs, sans savoir pourquoi, se sont levés, et c'est à ces cinq hommes tendus par une longue attente que, du haut des marches, essoufflé, son chapeau à la main, crispé, essuyant sans cesse et machinalement son visage luisant, le docteur Rabaz annonce :

— Tout est fini ! Elle vient de mourir…

Et il ajoute, bien inutilement pour des auditeurs qui ne l'écoutent plus, cette explication vaguement médicale :

— C'est une varice qui a crevé.

Le café retombe dans une morne stupeur, envahi, après cette brève scène, par le silence de la douleur, bien différent du silence de l'attente. Le chagrin est là maintenant, réel, présent. Mais on sait, on est fixé, on ne redoute plus. La menace a éclaté, s'est réalisée ; elle ne plane plus. Il y a comme un soulagement. On se meut au moins dans quelque chose de certain.

Les commis voyageurs, exclus du groupe en deuil, ont regagné à l'écart le campement formé par leurs verres, leurs tasses, les journaux, les Bottin et leurs instruments de jeu ; ils interrogent le patron qui s'est approché en reboutonnant son gilet, pour adopter une tenue digne, conforme à la situation et marquer ainsi qu'il n'est pas étranger à la tragédie.

— C'était vraiment ?…

— Ne m'en parlez pas, messieurs ! La perte est irréparable. Ces

Quatre artistes et Eugénie Chatagne

messieurs – il désignait Beaubois, Magot et le docteur – sont probablement les plus fines gueules de France, il n'y a pas de meilleurs connaisseurs dans tout le royaume. Eh bien, si vous les aviez entendus, après chaque repas, parler de cette artiste !... Prodigieux, c'était simplement prodigieux. Moi-même, j'ai eu l'honneur de goûter une fois à sa cuisine. M. Dodin-Bouffant, un jour que j'avais obtenu pour lui un ratafia de prunes distillées en 1798, m'a fait porter un pâté de blancs de dinde au madère. Ah ! Messieurs. Qui n'en a pas mangé !...

Rabaz, Beaubois, Magot commentaient à voix basse l'agonie. Les détails techniques du médecin se mêlaient étrangement aux souvenirs de bécasses impeccables, de truffes blanches invincibles, de tourtes de laitances, de lapins « au Père Douillet », de poulardes « au point du jour »... et les trois hommes, même Rabaz dont la face barbue et bouffie portait tous les signes de ce matérialisme sceptique et blasé des vieux médecins qui ont beaucoup vu mourir, sentaient sous leurs paupières le tiède gonflement des larmes.

Pourquoi pas ? Eugénie Chatagne, la cuisinière de Dodin-Bouffant, était morte ! En plein épanouissement de son génie, elle venait de disparaître, l'artiste incomparable, la dispensatrice bénie de tous les trésors culinaires dont depuis dix ans, à la table du maître célèbre dans toute la France, ils étaient les bénéficiaires attendris ! Exceptionnellement douée pour les grandes œuvres de la gastronomie, sous la haute direction du roi des gourmets, du dieu des chères parfaites, elle leur avait à profusion dispensé les sensations les plus rares, les émotions les plus complètes, elle les avait ravis sur les plus hauts sommets des allégresses sans nuage. Eugénie Chatagne, interprète inspirée des intentions supérieures que la nature a encloses dans toute matière alimentaire, avait, à force de raffinements, de talent, de recherches, de sûreté de goût, d'infaillibilité dans l'exécution, arraché la cuisine à la matérialité pour la dresser, souveraine et absolue, dans les régions transcendantes des plus hautes conceptions humaines.

Ce qu'ils étaient, eux trois, Rabaz, Beaubois, et Magot, des fervents éclairés et compétents du grand culte, d'inattaquables dégustateurs, des amateurs arrivés à la science infaillible, n'était-ce pas à Eugénie Chatagne qu'ils le devaient ? N'avait-elle pas été la révélatrice de leurs propres dispositions ? N'avait-elle pas formé leur goût, comme un musicien forme l'oreille d'un élève, un peintre la vision d'un disciple ? Ils se souvenaient, à cette heure. Et dans les larmes qu'une sotte pudeur retenait au bord de leur émotion, il y avait la reconnaissance des bombances du passé et des allégresses qu'elle leur avait préparées pour l'avenir. À l'école de haute culture de Dodin-Bouffant, elle avait élargi prodigieusement son génie naturel, acquis une maîtrise, une science, une sûreté d'elle-même, une habileté à manier et à combiner les saveurs qui l'avaient rendue illustre de Chambéry à Besançon, de Genève à Dijon, dans cette région de l'Europe où, sans contredit, la cuisine a atteint son plus haut développement. Eugénie Chatagne y était renommée à l'égal de son maître, de Dodin-Bouffant lui-même, le Napoléon des gourmets, le Beethoven de la cuisine, le Shakespeare de la table ! Des princes avaient tenté en vain de pénétrer dans cette salle à manger modeste où, seuls, les trois convives éprouvés et dignes de s'y attabler étaient admis. Mais quelles joies complètes et définitives y avaient goûtées ces élus ! Ils pleuraient aujourd'hui sur ces souvenirs et sur les souvenirs aussi de toute cette intimité amicale, de ces confidences abandonnées, de cette plénitude, qui accompagnent inévitablement, chez tout homme qui a un cerveau et un cœur, le fumet corsé d'un vieux bourgogne ou le parfum de terre divine d'une truffe en son point. Pour leur dispenser ces bonheurs, Eugénie, la brave Eugénie, n'avait-elle pas repoussé les offres d'un souverain, d'un ministre et d'un cardinal ?

Tout à coup, Rabaz, se ressaisissant un peu dans son trouble, dit tristement :

— Dodin vous attend, il m'a prié de vous conduire chez lui.

Beaubois et Magot, résignés, prirent au porte-manteau leurs chapeaux, tremblant d'affronter la douleur de leur ami.

Dans la rue montante, quelques personnes commentaient déjà l'événement. Elles jetaient des coups d'œil furtifs et compatissants sur la porte de la maison où Dodin pleurait. Elles saluèrent respectueusement les trois amis qui soufflaient en marchant. Devant les volets fermés, au bas du modeste perron par lequel on accédait à la maison en deuil, Beaubois s'arrêta, inquiet, son chapeau à la main, exprimant la pensée commune de ces bons vivants, peu accoutumés à l'idée de la mort :

— Il n'y a pas de mots à prononcer, il n'y a rien à dire.

Ils poussèrent la porte entrouverte. Dans le corridor, d'où l'on apercevait par une porte vitrée un jardin petit mais plantureux, les objets familiers du maître du logis, sa canne, son chapeau, son manteau, avaient pris tout à coup des aspects abandonnés et infiniment tristes, des airs de lassitude et de catastrophe.

À droite, deux portes ; à gauche, une porte et un escalier donnaient sur cet étroit passage, meublé seulement d'un porte-manteau. Magot poussa doucement la porte de droite qui grinça sans pitié, avec le secret espoir que Dodin n'était pas derrière. Il avait peur maintenant, une peur atroce de se trouver en face de cet homme dont la vie, soudain, était bouleversée.

Dodin marchait de long en large dans sa bibliothèque, les mains au dos, solennel dans sa redingote noire, le cou engoncé dans une double cravate de satin, noir aussi. Sa belle tête rasée, encadrée de côtelettes déjà blanches, était grave. On y devinait un grand effort de calme. Beaubois fut très soulagé que le premier contact ait eu lieu. Toutes les finesses de ce visage, empreint d'une sensualité délicate et intelligente, étaient voilées d'une détresse courageuse mais infinie. La lèvre supérieure, gourmande, charnue, aristocratique, frémissait, luttant contre un sanglot. Dans la demi-teinte de la chambre, des menus fameux encadrés et pendus au mur, pêle-mêle avec des estampes gaillardes, faisaient des taches grises. Quelques points lumineux jouaient aux vieux ors des livres.

Le maître tendit en silence la main à ses compagnons des grandes et nobles ripailles, puis il reprit sa promenade muette. Ses yeux, tandis qu'il marchait de long en large, erraient sur les rayons où les vieux bouquins, grands classiques de l'esprit et de la cuisine, étaient rangés avec amour. Il s'assit enfin, derrière son bureau, les bras accoudés sur les papiers épars, le menton aux mains, et ses yeux se fixèrent sur un rayon choisi de sa bibliothèque. Les regards des trois amis suivirent celui du maître. Ils étaient tous là, dans leurs couvertures, roses ou vertes, de papiers gaufrés ou dans leurs reliures sombres de veau fraisé, les livres illustres : *les Soupers de la Cour, les Cuisines bourgeoises, la Physiologie du goût, L'Almanach des Gourmands, le Cuisinier impérial, L'Encyclopédie de la fameuse cuisine* et tant d'autres qui conservaient pour les âges futurs les traditions glorieuses des vieilles provinces de France. Chaque jour presque, durant les longues années où elle avait collaboré avec

Dodin-Bouffant, Eugénie Chatagne avait médité sur l'une des pages de ces annales magnifiques d'un art méconnu et qui unit en une synthèse imprévue l'entrain, le raffinement, la politesse et la légèreté délicieuse de la race gallo-latine.

Dodin-Bouffant considérait, en cette heure de deuil, ce coin précieux de bibliothèque où il avait entassé avec dilection les matériaux de l'œuvre éphémère et sans cesse renouvelée, glorieuse et sans défaillance, qu'il avait édifiée côte à côte avec la morte.

Cet ancien président de petite cour qui, d'une vieille et forte famille de robe, avait hérité, en même temps qu'une philosophie sereine pour passer sa vie et une indulgence sceptique pour juger les hommes, un goût atavique pour l'existence épicurienne et grasse, se sentait frappé dans un de ses instincts les plus vivaces et les plus profonds par la disparition d'une collaboratrice dont le talent s'était combiné à son génie. Pouvait-on refuser ce suprême et grave hommage aux qualités qu'il avait mises au service de l'art culinaire après les avoir consacrées pendant trente ans à la pratique de la justice humaine ? Oui, du génie, cette étonnante combinaison, dans ses fonctions comme dans son culte, de la tradition et de la hardiesse, de la règle et de la fantaisie, de la coutume et de l'innovation ! Du génie, sa faculté prodigieuse de création contenue par un cadre de principes médités et intangibles, son sens de l'harmonie, sa compréhension extrêmement pénétrante des caractères et de leurs besoins, des circonstances et de leur fatalité ; du génie, les trouvailles prodigieuses de son imagination !

C'est à ces dispositions naturelles que la société devait à la fois des jugements inspirés par un profond sens juridique et par une grande pitié humaine, qui avaient fait jurisprudence, et des inventions gastronomiques d'une audace sans cesse heureuse : Dodin-Bouffant avait osé, avant tout autre, marier la volaille et le poisson, par exemple, et enchanter le parfum d'un chapon copieusement mariné, d'une farce où dominaient la crevette et le turbot.

Ses yeux quittèrent les livres et la bibliothèque et errèrent longuement sur Rabaz, Magot et Beaubois, immobiles et enchâssés, pour ainsi dire, sur le canapé en forme de large conque, où ils tournaient leurs chapeaux dans leurs mains angoissées.

— Venez la voir, fit-il tout-à-coup.

Ils traversèrent le corridor d'entrée, émus, et ils pénétrèrent dans le salon. Tout le mobilier, vieillot, en reps rayé jaune et bleu entre des cadres de noyer massif, était repoussé dans les coins, contre les murs, dans l'ombre. Au fond de la pièce close, la lueur seule des cierges, funèbre et clignotante, tombait incertaine, jaunâtre, sur la figure de la morte, pauvre chose redevenue soudain jeune et presque souriante dans l'aurore du néant qui blanchissait d'une teinte cireuse son masque fatigué de quinquagénaire. Il émanait de ce visage, nimbé d'un bonnet tuyauté et de cheveux châtains, une incontestable noblesse, une finesse pleine de bonhomie. On y lisait que la disparue avait possédé un sens solide de la large vie matérielle et un sûr instinct du confortable. Ce visage était de ceux qui vous rassurent quand ils vous accueillent au seuil d'une auberge.

Sur une table, auprès du corps, à côté du buis et de l'eau bénite, Dodin avait disposé ce qui restait, sur cette terre, des chefs-d'œuvre de la pauvre morte : ses menus triomphants, calligraphiés sur des bristols. Une voisine priait. Une grosse mouche bourdonnait insupportablement dans la chambre, se heurtant aux murs, aux vitres, aux abat-jours de papier. Personne n'osait troubler son inconvenante sarabande.

— Rabaz, dit Dodin en se tournant doucement vers le docteur après avoir longuement médité devant le cadavre, prévenez l'ordonnateur que je veux parler au cimetière.

Dodin-Bouffant parla en effet sur le bord de la tombe. La petite ville tout entière avait suivi sa douleur. Il estima que c'était glorifier la morte que de prononcer publiquement l'apologie d'un art qu'elle avait honoré, d'en poser les grands principes, d'en dégager la philosophie et de restituer à la cuisine, dans l'esprit du vulgaire, la dignité à laquelle elle avait droit. Et là, dans cet humble cimetière de tranquille province, fleuri, ombreux, rafraîchi par un ruisseau voisin, au milieu des tombes modestes des morts obscurs de ce coin de terre, il donna mieux son cœur que dans les solennelles séances où, sous l'égide de la Loi, il inaugurait les sessions, du haut de son siège de magistrat-président :

« Mesdames, Messieurs,

« Les funérailles d'Eugénie Chatagne, selon mon désir, doivent être une apothéose. C'est le vœu fervent de mon chagrin. Je pleurerai la dévouée collaboratrice de tant d'années en rendant à l'effort généreux de toute sa vie l'hommage qu'injustement on lui conteste. L'art culinaire, Mesdames, Messieurs, par ma voix, réclame à côté des arts majeurs, ses frères, son rang parmi les créations de la culture humaine. J'affirme que si une inconcevable aberration ne déniait pas au goût la faculté d'engendrer un art alors qu'on accorde sans contestation cette faculté à la vue et à l'ouïe, Eugénie Chatagne aurait sa place assurée entre nos grands peintres et nos grands musiciens.

« Des trésors d'invention, une précieuse science pour combiner les tons, les saveurs et les nuances, une incomparable intuition de la mesure, de l'harmonie, des oppositions et des rapprochements, le génie enfin de solliciter, pour les satisfaire, tous les besoins de notre sensibilité, sont-ils donc l'apanage exclusif des seuls assembleurs de couleurs ou des seuls manieurs de sons ? Œuvres éphémères, direz-vous, que celles de la table ! Œuvres sans lendemain, vite ensevelies dans l'oubli des temps.

« Œuvres plus durables, assurément, que celles des virtuoses et des comédiens que vous acclamez. Les géniales créations d'un Carême ou d'un Vatel, les trouvailles prodigieuses d'un Grimod de la Reynière ou d'un Brillat-Savarin ne sont-elles pas encore vivantes parmi vous ? Maintes toiles de maîtres d'un jour ont disparu de la vue des hommes et l'on déguste encore l'onctueuse purée du chef d'un Soubise ou le poulet du cuisinier du vainqueur de Marengo. Messieurs, je laisse à ceux qui professent que l'homme ne mange que pour se sustenter la honte de se ravaler au primitif des cavernes. Ceux-là doivent préférer aussi à Lulli ou à Beethoven le beuglement d'une corne d'aurochs et à Watteau ou à Poussin les grossières esquisses des êtres préhistoriques. Notre sensibilité est une. Qui la cultive la cultive tout entière, et j'affirme qu'il est un faux artiste celui qui n'est pas un gourmet, et un faux gourmet celui qui n'entend rien à la beauté d'une couleur ou à l'émotion d'un son.

« L'art est la compréhension de la beauté par les sens, par tous les sens, et il est indispensable, je le déclare, pour comprendre le rêve fervent d'un Vinci ou le monde intérieur d'un Bach, d'adorer l'âme parfumée et fugitive d'un vin passionné.

« C'est une grande artiste, Mesdames, Messieurs, que nous pleurons aujourd'hui. Eugénie Chatagne a médité sur un art qui a, lui aussi, ses lettres de noblesse. Sa mémoire vivra parmi les hommes.

Mes mains pieuses et mon cœur reconnaissant lui élèveront, avec les matériaux qu'elle a laissés et que j'ai recueillis, le monument qu'elle mérite, le livre qu'elle signera du fond de sa tombe, le livre plus éternel que l'airain et qui transmettra à l'avenir le meilleur de son génie.

« Et, Mesdames, Messieurs, en abandonnant ces grandes traditions culinaires dont Eugénie Chatagne fut une si haute représentante, la France renierait un des éléments de son prestige et détruirait un des beaux fleurons de sa gloire. Je suis à l'âge où l'on aime les anciens livres et, sans même invoquer les témoignages que nos ancêtres ont pu se rendre à eux-mêmes, j'en appelle aux voyageurs étrangers des siècles révolus. Je lis dans leurs mémoires, je lis dans leurs lettres qu'au seuil de leur pays, leurs pérégrinations accomplies, ils se retournaient vers le royaume de France qu'ils venaient de parcourir et qu'ils emplissaient encore une fois leur cœur du sentiment de sa puissance, leurs yeux des lueurs de son ciel et leurs narines du parfum délicat de toutes les victuailles savoureuses issues de la terre. Celui-ci, au XVIe siècle, cite les rôtisseries et les caves de France parmi les merveilles de ses châteaux et les douceurs de ses paysages. Au XVIIe siècle, celui-là s'extasie à la fois sur la puissance militaire de Louis XIV, sur l'excellence des hôtelleries et sur le génie de nos grands auteurs. Au XVIIe siècle, les innombrables touristes qui visitent le royaume chantent lyriquement toutes les productions gastronomiques des provinces, tel autre déclare qu'il a bu l'âme de la France au Clos du Roi de Vosne-Romanée et qu'il a mangé sa chair à la table délicieuse de toutes les auberges où il s'est assis.

« Mesdames, Messieurs, il ne convient pas à mon cœur affligé de développer toute ma pensée devant cette tombe bientôt fermée. J'ai tenu à offrir à la disparue mon hommage et mon admiration. Un des reflets du génie de notre patrie a brillé en toi, Eugénie Chatagne. Tu as tenu haut et ferme l'oriflamme d'un art qui a, comme les autres, ses grands hommes et ses martyrs, ses inspirations et ses doutes, ses joies et ses déboires ; la terre va se refermer sur une noble femme qui a eu sa place au premier rang des artisans de la culture et du raffinement humains. »

Et ce soir-là, toutes les cuisinières de la ville, qui en compte de fameuses, abordèrent leurs fourneaux avec une gravité songeuse.

Quelques-unes virent se lever, dans les braises ardentes, l'aube des réhabilitations.

Dodin, Vénus et la gargote

Durant les jours qui suivirent la mort d'Eugénie Chatagne, Dodin-Bouffant prit ses repas au Café de Saxe. Il apporta dans ce paisible établissement l'angoisse et la terreur. Deux fois par jour, dans la salle où était attablé, sévère et impénétrable, le fameux gourmet, la cuisinière envoyait, en tremblant, les plats qu'elle confectionnait dans la fièvre ; le patron, pour dissimuler son malaise et sa crainte constante d'une explosion de mépris, se plongeait dans ses livres ; les chiffres dansaient devant ses yeux tandis qu'il attendait à chaque seconde l'éclat de la voix irritée de son client. Dodin-Bouffant, résigné, ne disait pas un mot.

Convaincu qu'il devait à la mémoire de la morte de ne pas laisser tomber et déchoir un art qu'elle avait illustré et, d'ailleurs, décidé à se nourrir aussi proprement que par le passé, il fit, après une semaine de mortification, paraître dans la gazette de la région, en première page, un papier où il déclarait en termes graves qu'une lourde succession était ouverte et qu'il accueillerait toutes les bonnes volontés qui se présenteraient, pourvu qu'elles fussent servies par une expérience déjà sérieuse et par beaucoup de passion sincère pour le culte auquel elles s'étaient vouées.

À vrai dire, il n'osait pas espérer qu'une seconde Eugénie Chatagne vînt embellir son existence ni satisfaire à la fois ses goûts esthétiques pour une cuisine supérieure, et, avouons-le, les désirs, moins raffinés, de ses autres sens demeurés assez jeunes, mais auxquels une carrière provinciale n'avait offert que des satisfactions de médiocre qualité. Eugénie Chatagne avait, cela est hors de doute, ajouté à sa virtuosité culinaire un aimable abandon de sa personne, non dépourvue de charmes, à l'âge, tendre encore, où elle entra au service de l'ancien magistrat.

Dodin, convaincu, en philosophe souriant, qu'il ne faut jamais demander deux fois de suite à la vie d'exceptionnelles bénédictions et l'aubaine de trouver sur sa route un être d'élite dispensateur à la fois des joies du cœur et des plaisirs de la chair, était fermement décidé, s'il parvenait à découvrir l'amorce d'un beau talent culinaire, à répartir sur deux objets différents des appétits que la disparue avait satisfaits en sa seule personne.

Les cuisinières hardies qui se présentèrent à l'examen du maître avaient, pour la plupart, une haute opinion d'elles-mêmes. Quelques-unes pensaient secrètement, en tentant l'aventure, qu'on avait exagéré le raffinement de la maison. D'autres, en franchissant le seuil, ignoraient simplement et complètement les proportions de leur audace.

Dodin recevait la candidate dans sa bibliothèque. Il se levait poliment à son entrée, et, dans le doute, l'admettant au bénéfice d'une présomption de génie, la priait de s'asseoir dans un confortable fauteuil ; tandis qu'il lui adressait avec beaucoup de tact quelques questions sur sa famille, son âge, les conditions de son existence, de ses services antérieurs, son œil de juge se posait sur chacun des traits du visage par où peut se révéler l'artiste culinaire. Avant tout, il examinait longuement la bouche et si les lèvres étaient charnues ; il observait leur ligne pour y découvrir cette mobilité qui est le signe d'un sens aiguisé, ce frémissement qui indique le développement habituel d'un organe ; il cherchait enfin cette « physionomie de gourmandise » qui constitue une garantie première. Il éliminait, dès l'abord, les mentons pointus ou carrés ; il lui fallait une rondeur qui le rassurât sur une sensualité nécessaire. Il lisait aussi dans les yeux des choses indéfinissables, mais qui ne le trompaient point.

Quand ce premier examen ne lui avait point révélé des raisons péremptoires de pousser l'entretien plus avant, il trouvait un habile prétexte pour le rompre. Quand il décidait, au contraire, qu'il valait mieux s'enquérir, il faisait glisser la conversation, menée sur un ton grave, vers des considérations gastronomiques, et bien qu'il n'attendît pas de ses visiteuses des réflexions bien profondes ni des vues neuves habilement exprimées sur la technique de son art, il savait fort bien discerner, même dans des réponses brèves, mal tournées ou embarrassées, ce qu'il y avait à espérer de l'intelligence, de l'instinct et de la vocation de son interlocutrice. Tantôt il émettait une hérésie pour susciter une réaction révélatrice, tantôt il proférait tout net son admiration pour les viandes cuites aux braises ou proclamait la nécessité d'accorder l'essence du bois de cuisson avec la viande à cuire. Et même s'il constatait chez les candidates l'ignorance de ces vérités élémentaires, il épiait du moins l'effet que produisaient en elles ces déclarations et déduisait de leur attitude leurs facultés d'assimilation et les espérances qu'elles pouvaient offrir. Parfois, au milieu de la discussion, il se levait, marchait jusqu'aux rayons préférés de sa bibliothèque, y cueillait d'un doigt agile un volume rare de *l'Almanach des Gourmands*, l'ouvrait d'une main experte à manier les livres, et disait : « Grimod de la Reynière a écrit : « Sixième année, chapitre des *liaisons*. La pratique immodérée des roux et des coulis forme, depuis plus de cent ans, toute la charlatanerie de la cuisine française. » Il gardait le livre ouvert, penchait la tête, mais regardait par-dessus ses lunettes la fille abasourdie et ajoutait « Grimod a emprunté avec juste raison cette observation essentielle à *la Cuisine de Santé*, tome 1, page 247. Méditez, mademoiselle, méditez ! » Et il ajoutait, continuant sa lecture : « De la farine et certaines fécules employées avec modération, de vrais coulis de viande et de gibier, des essences et des réductions bien faites, entrent souvent aussi dans la composition des liaisons. C'est de l'art de les bien combiner qu'une bonne liaison tire son principal mérite, et cet art est très ardu. Cependant, si une liaison n'est pas à son point, elle désunit au lieu de rapprocher, et comme elle est le complément du ragoût, si elle n'ajoute pas à sa perfection, elle le gâte indubitablement. » Il refermait le livre et observait profondément l'effet qu'avait produit cette haute technique sur son éventuelle cuisinière. La plupart, à vrai dire, semblaient, en écoutant ces méditations philosophiques, prises aux fesses de fourmillements soudains et opéraient sur leur siège un mouvement giratoire sur place. En réalité, elles auraient bien voulu être autre part. Les inconscientes et les ignorantes commençaient à être éclairées. Les assurées connaissaient le doute ; quelques-unes demeuraient abruties ; de rares, enfin, entrevoyaient confusément des gouffres de science qui leur infligeaient un vertige passager. Ces dernières, Dodin les devinait. Il les retenait seules, et, pitoyable, pour les arracher au malaise qui les étreignait et les ramener sur terre, il leur proposait, en remettant le livre à sa place, une visite à l'« atelier », c'est-à-dire à la cuisine. Il passait d'abord à la salle à manger, meublée en chêne ciré, claire, gaie, confortable, et qui, par la douceur de son atmosphère, incitait aux belles inspirations. La table ne comportait qu'un nombre de couverts limité, huit au maximum. Il la montrait du doigt :

— Elle doit toujours être garnie tant de fleurs que de vaisselle, de façon que les sens soient amusés et reposés, mais non accaparés et demeurent consacrés au principal.

La desserte et le buffet, ornés de massives pièces d'argenterie familiale, étaient larges, commodes, bien disposés pour recevoir sans difficulté un nombreux matériel. La verrerie proprement rangée, en gros cristal à côtes, très évasée, était propre à accueillir le nez qui hume en même temps que la lèvre aspire. Les fauteuils étaient construits pour que le postérieur y eût ses aises suprêmes. Quelques fleurs des champs, sur une petite liseuse sans style, se courbaient hors d'une tasse de grès.

Une très large baie occupait tout le fond de la pièce et ouvrait sur un jardin petit, mais très vert, soigneusement ratissé et éclairé de glaïeuls en fleurs et de géraniums en boutons. Une délicieuse température enveloppait cette salle en toute saison. Les seize degrés, qu'un feu de bois y entretenait en hiver, étaient maintenus en été par un système assez compliqué de courants d'air. Aux murs, deux estampes quelque peu polissonnes, un portrait de Grimod en pointe sèche et un tableau où était peint un chapelet de cailles à l'ombre d'un chaudron de cuivre très lumineux.

L'entrée de la cuisine produisait sur l'impétrante une grande sensation. Tout à coup, quelle que fût son opinion d'elle-même, elle s'y sentait infime, humble, inexistante.

Elle était de dimensions énormes, cette cuisine, bien éclairée par des fenêtres larges, tendues de treillage fin qui laissait pénétrer l'air mais arrêtait les mouches. L'œil était d'abord attiré par un énorme fourneau ; il occupait tout un mur et aboutissait à un bûcher chargé de bois ; à côté, une porte ouvrait, près d'une fontaine, sur le jardin. Ce fourneau comportait une gigantesque broche, doublée d'une plus petite, deux fours, dont un dit de campagne, inventé pour qu'un plat puisse cuire dessus et dessous à la fois. Trois embouchures pour le feu vif, pour le feu moyen, pour le feu doux. Il y avait encore un jeu de poissonnières et une section pour la cuisson de la pâtisserie. Enfin une région entière de l'immense meuble était aménagée pour la cuisine au feu de bois. À côté du fourneau, à portée de la main de l'officiante, une véritable bibliothèque était peuplée d'un nombre infini d'ingrédients, d'épices, de poivre, d'aromates, de bouteilles d'essences, de vinaigres, de vins, de sirops, le tout soigneusement étiqueté. Un grand vaisselier clair, débordant de plats, une table à hacher et à découper, une autre table plus légère, quoique de fortes dimensions, semblaient perdus dans ce temple de proportions très vastes. Sur deux planches superposées, on contemplait un peuple de marmites de fonte, de casseroles, de récipients de terre, de terrines, de poêles, de lèchefrites, de cocottes, de pot-au-feu. Le cuivre, jadis rare, s'y était peu à peu multiplié. Dodin s'était rendu compte que les ustensiles de terre, qu'il avait longtemps préférés, s'imprégnaient à la longue du goût des molécules de graisse froide retenues dans leurs pores. Les fenêtres étaient extérieurement fleuries. Deux pancartes se plaquaient sur la netteté fraîche des murs. Sur l'une, on lisait :

« La plus méticuleuse propreté est de rigueur. »

Sur l'autre :

« Sous peine de renvoi immédiat, il est interdit de se servir d'essences en flacon pour les assaisonnements et pour les sauces.

Dans ce sanctuaire, la visiteuse intimidée, puis effarée, soupçonnait enfin toutes les complications et tous les raffinements d'un art prodigieux et, découvrant la grandeur et la gravité de sa mission, perdait vite la tête. Les mots encourageants de Dodin-Bouffant, qu'elle ne saisissait qu'à peine dans le vertige de son trouble, ne lui rendaient pas sa sérénité.

— Vous êtes émue par la grande ombre qui a régné ici. Mais si vous vous établissez dans cet « atelier » elle vous deviendra bientôt familière et conseillère. Votre personnalité y prendra force et s'y affirmera. Vous y édifierez peut-être des chefs-d'œuvre.

Quand le maître et son éventuelle collaboratrice avaient repris place dans la bibliothèque, Dodin laissait l'apaisement descendre dans l'âme de la malheureuse qui eût immédiatement décliné le redoutable honneur d'être préposée aux joies gastronomiques d'un si prodigieux convive, n'eût été l'énorme bénéfice moral qu'elle pensait retirer, sa vie durant, d'avoir servi chez un tel maître. Peut-être aussi, dans la moins noble partie de son cœur et la plus matérielle, pensait-elle aux profits de ces festins quotidiens. D'ailleurs, les gages étaient déjà fort avenants. Après un instant de recueillement, Dodin-Bouffant reprenait :

— Laissez-moi, mon enfant (il s'adressait en ces termes, même aux plus âgées), laissez-moi vous poser quelques questions. Je m'en excuse, mais il est de toute urgence que nous soyons éclairés l'un sur l'autre.

Il parlait avec respect à ces femmes, de crainte de manquer de déférence, sans le vouloir, à quelque grande artiste inconnue, qui se serait ignorée elle-même ; et il les traitait en égales.

— Un bon repas, mon enfant, doit être en harmonie avec l'âge, la condition sociale et l'état d'esprit des convives invités à le déguster.

Il n'espérait pas rencontrer l'être d'exception assez intuitif pour avoir découvert de lui-même cette règle raffinée de la gastronomie et ne comptait, dans ce domaine si délicat de l'ordonnance des repas, que sur sa propre expérience, sur son goût personnel et sur son éducation. Mais peut-être attendait-il toujours un impossible miracle et voulait-il se rendre compte jusqu'à quel point chez la candidate l'instinct suppléait à la science.

La cuisinière postulante écarquillait de grands yeux et souvent sentait une petite mort lui descendre avec une légère moiteur le long de la colonne vertébrale.

— Supposez que je veuille traiter, poursuivait Dodin, quelques célibataires groupés autour de la cinquantaine, négociants et médecins, égayés par des prospérités domestiques... ne vous troublez pas, ma fille... répondez.

Dodin-Bouffant, approuvant, rectifiant ou aidant la patiente, composait un menu idéal, comme un examinateur formule lui-même la réponse d'un candidat qui l'intéresse. Il analysait la raison de ses choix, combinait la succession des mets avec le caractère et la vie privée de chacun des convives supposés. Quand Dodin avait découvert, au milieu des opérations de cette obstétrique laborieuse, quelques éléments qui laissaient espérer, d'une éducation méthodique et de sa direction compétente, de futurs résultats appréciables, il ajoutait :

— Nous n'avons encore abordé que la théorie, mon enfant. Nous nous entendrons peut-être, surtout si, docile, vous consentez à travailler sous mon inspiration. Mais j'ai besoin de vous soumettre à une épreuve pratique. Venez demain à huit heures. Vous préparerez mon déjeuner que l'on me sert très exactement à midi. À sept heures, en me levant, je ne prends qu'œufs et salaisons. Ma femme de ménage y suffit pour l'heure.

Dodin-Bouffant but la coupe jusqu'à la lie. Durant des jours et des jours il dégusta avec horreur et patience les repas d'épreuves : poulets sautés, étouffés sans tact sous des montagnes de tomates, mirotons honteusement bâclés, perdreaux secs et racornis, fricassées de veau sans liaison et sans moelleux, lièvres en râbles sans fumet, pommes en fritures sans croustilles, flageolets non rissolés, comme si, dans le pays de France où la grande cuisine est pourtant un art national, la cuisinière espérée devait demeurer, pour le grand homme, introuvable. Il faut ajouter, cependant, que l'impeccable, le génial Dodin, qui n'admettait, en ce qui concerne l'art culinaire, aucune défaillance, dont le goût prodigieusement affiné découvrait le quart d'un grain de poivre prodigué par erreur ou la pincée de sel qui manquait, dont les muqueuses buccales, extraordinairement entraînées, savaient discerner au toucher quelques minutes de cuisson oubliées ou ajoutées, il faut reconnaître – disons-nous – que le grand Dodin renvoya à d'autres fourneaux des cuisinières dont un gourmet de belle envergure déjà eût célébré – et avec justice – le talent.

Il lui fallait la perfection. Combien de fois, durant les longues recherches qui suivirent la mort d'Eugénie Chatagne, après avoir méthodiquement dégusté et analysé quelques bouchées du plat proposé par le cordon-bleu soumis à l'épreuve, posa-t-il sa serviette et, sans colère, alla-t-il se nourrir de la cuisine fort honorable assurément, mais pour lui quelconque, du Café de Saxe ! Il acceptait avec résignation la médiocrité d'un cabaret. Chez lui, il ne pouvait concevoir que l'absolu.

Dodin passa ainsi d'amères semaines. Sa maison fut hantée par des femmes grasses et courtes, aux joues écaillées, aux yeux d'enfant, inharmonieusement terminées par de rares cheveux, tirés et luisants ; par des femmes longues et maigres, portant dans les cavernes de leurs joues l'amertume de virginités involontaires ; par des femmes moyennes, insignifiantes comme une ariette d'opéra italien, coiffées de galettes de paille sans couleurs, inondées de fleurs des champs en finette passée. Pas une ne lui laissa, en descendant le perron, l'espérance d'un talent qui s'ignore à découvrir et à cultiver. Sa grande âme s'emplissait de mélancolie. Durant cette néfaste période, il usa avec moins de modération que de coutume, mais sans abuser pourtant, de ce vin clairet, frais et amical, qu'il enviait de tout son cœur à la cave du Café de Saxe, la seule gloire, à l'entendre, de cet établissement, simple vin du pays, mais d'un âge respectable, issu du meilleur coteau et mûri par le soleil d'une remarquable année, vin qui surprenait la bouche par sa simplicité limpide, qui l'enchantait de sa vaporeuse légèreté, qui, souple, se glissait, ou plutôt s'insinuait dans le gosier, et qui, du fond de l'estomac, parfumait encore les lèvres d'une senteur de mûres saignantes.

Un dimanche de septembre, en ouvrant la porte, la femme de ménage annonça avec un sourire étrange à Dodin-Bouffant qu' « une personne l'attendait au salon ». D'une allure résignée et sans conviction, Dodin pénétra dans sa bibliothèque et dit simplement :

— Faites entrer.

Une troublante créature passa le seuil. D'un regard, Dodin, en connaisseur, détailla sous la vulgaire percale à fleurs, un peu défraîchie, tout le corps ferme, les seins surtout, et bien en chair. Dans un visage de lignes charmantes, des yeux naïfs et soumis, débordait un flot de caresses, sous de longs cils imprégnés d'ombre. Point de chapeau, des mèches folles, blondes, pleines de reflets délicats, encadraient esthétiquement sans l'écraser un front qui ne manquait pas d'esprit. La décence et la modestie de la jeune fille annonçaient une de ces vies éloignées des fracas de la galanterie qui guette parfois, la journée finie, les échappées de l'office, une de ces existences consacrées, assurément, sans réserve, au bonheur domestique et clandestin de patrons amateurs de passions calmes, intimes et ancillaires : colonels en retraite, commerçants économes ou collégiens sans expérience. L'avisée maîtresse de maison qui eût accueilli chez elle cette sirène du fourneau eût été parfaitement sûre de recevoir d'elle des services dévoués et de conserver son époux sous son toit. Dodin, pour l'interrogatoire préliminaire, approcha sa chaise un peu plus que de coutume du fauteuil où il avait fait asseoir la candidate. Il frottait énergiquement de ses paumes le drap de ses genoux, comme pour provoquer un phénomène d'aimantation qui les empêchait de s'égarer. Il finit, d'ailleurs, avec plus de prudence, par enfouir ses mains dans ses poches. À vrai dire, au cours de cette conversation, et par exception, le Grimod de la Reynière, relié en veau, demeura oublié sur les rayons de la bibliothèque. Dodin ne songeait nullement à quitter, pour l'aller quérir, une chaise qui s'était rapprochée singulièrement, et on ne sait comment, du siège où se pavanait la belle fille. Le premier entretien révéla, hélas, au maître du logis une insondable et définitive incompétence culinaire, de très médiocres dispositions et une expérience à peu près nulle.

Toute autre eût été écartée d'emblée. Il avait renvoyé sans coup férir à leurs gargotes des candidates indubitablement mieux qualifiées et plus savantes que cette Agnès de la cuisine, mais sur qui les grâces célestes n'étaient point répandues à profusion. Dodin voulait espérer contre toute espérance. Il attendait, d'une seconde à l'autre, l'éclair des yeux qui allait lui permettre enfin de concilier en une magnifique synthèse les obligations de son art et l'agrément de ses désirs. Et pour permettre à cet éclair de déchirer le ciel obscur, pour donner au miracle le temps de se produire, pour le provoquer, il fit à la timide et incultivable débutante les honneurs, longuement prolongés, de la salle à manger et de la cuisine, calculant sournoisement le passage des portes de façon à l'y frôler quelque peu. Il sentait pourtant qu'au feu ardent de ce contact toute la noblesse de son idéal subissait de lamentables déchéances et marchait aux hontes des capitulations. Alléguant audacieusement, on ne sait dans quelle attente, qu'une domestique devait connaître les lieux où elle était appelée à servir, il lui fit visiter encore la chambre d'ami et le cabinet de toilette et, comptant sur quelque événement inattendu, sur un élan soudain, il l'introduisit même dans sa propre chambre à coucher où le spectre d'Eugénie Chatagne ne le troubla pas le moins du monde. La jeune fille ne manifesta pendant cette visite qu'une résignation un peu morne qui se fût accommodée sans doute, et dès l'abord, de toute volonté nettement exprimée de son futur maître, mais exempte de toute provocation. Dodin, cramoisi, envahi par des flots de désirs, esquissant de ses mains gourmandes des gestes dérobés d'attouchement aussitôt contenus, n'était plus protégé, et bien fragilement, que par la conscience de sa mission et par les obligations de sa gloire. Posséder cette fille, c'était signer un inéluctable engagement, c'était livrer sa renommée aux mains sans science et à l'esprit sans talent d'une apprentie inapte, hélas ! à tout perfectionnement. C'était précipiter l'art ressuscité et défendu par lui – Dodin-Bouffant – à toutes les décrépitudes et à toutes les compromissions, c'était choir de ratatouilles en gargoteries jusqu'aux honteuses vulgarités de la nourriture. Le maître fut héroïque, mais d'un héroïsme un peu lâche. De toute évidence, et sans qu'il pût raccrocher son espoir à la moindre illusion, cette magnifique créature ne méritait un rang que parmi les plus pitoyables gâte-sauces qui s'étaient présentées à son examen. Il en avait sans pitié évincé d'autres, dont il eût pu attendre infiniment mieux. Cependant, pour prolonger cette présence qui le jetait dans une excitation qui n'était point qu'imaginative, il poursuivit, comme s'il n'eût pas été fixé encore, l'ordinaire interrogatoire, le prolongeant et le compliquant, s'efforçant, par une suprême pudeur autant qu'il était en son pouvoir, de détourner ses discours des voies polissonnes où ils s'égaraient d'une façon invincible. Il ajouta enfin, ayant épuisé tous les artifices oratoires :

— Il est de toute nécessité, mon enfant, que vous me donniez quelque marque pratique de ce que vous pouvez faire. J'ai là trois truites de belles proportions, pêchées ce matin, un joli poulet de grain et quelques céleris en pomme. Préparez-moi mon repas du soir, je le prendrai à sept heures.

Dodin passa une journée agitée. Il promena ses désirs persistants au Café de Saxe où il perdit sans y penser une partie d'échecs ; il fit une marche au bord de l'eau fraîche de la rivière. Il essayait en vain d'écarter de sa pensée des images libidineuses ; des désirs d'étreintes et de volupté occupaient obstinément un esprit où l'art pur, chaste et noble ne conservait qu'avec peine ses droits. Parfois, pourtant, les gloires éclatantes de la vieille cuisine française passaient et repassaient devant ses yeux, dans leur désarroi, étendards déchirés au milieu d'une ardente tempête ; le but, le sens, la grandeur de sa vie, dans le décor obscur où ses désirs l'entraînaient, surgissaient en pleine lumière, illuminés de longs éclairs. Saint Antoine connut cette angoisse de sang. Et, dans son imagination surchauffée, les noms, les visages des grands chefs, des gourmets fameux, de ses ordinaires commensaux, étaient lamentablement mêlés aux projets d'amour qu'il faisait pour l'après-dîner.

Dodin se mit à table avec l'assurance qu'il allait manger un détestable repas, mais avec la certitude contradictoire que le miracle tant attendu s'était enfin réalisé et qu'il allait avoir une révélation.

Il osa à peine lever les yeux sur l'aspect désolant des truites qu'on introduisait, mollement étendues sur un plat d'argent. La sauce innommable dans laquelle elles baignaient inconsidérément le remua de désespoir. La première bouchée timidement prélevée dans un filet qui eût pu être magnifique, mit en déroute ses ultimes espérances. Il chercha en vain, dans des têtes en marmelade et odieusement bouillies, les délicates joues de ces perdreaux de rivière qu'il adorait surtout. Au reste, peu à peu, une odeur de beurre mal cuit et d'échalotes encore crues, s'élevait du plat, s'installait dans la chambre et levait le cœur du gourmet. La belle bête de rivière était, il ne pouvait plus se le dissimuler, gâchée et massacrée.

La peau flasque et ridée du succulent nourrisson des basses-cours le dispensa de goûter à cette volaille déshonorée.

Il posa sa serviette sur son pain morne et inutile, mais, arrivé aux dernières transactions avec sa conscience, il ne pensa pas une minute à sortir vers le Café de Saxe. Elle était là, tout près de lui, à la cuisine. Il ouvrit la porte de sa bibliothèque. Il eut, en y entrant, un sursaut de révolte. Après tout, n'était-il pas libre de sa vie ? Personne, s'il lui plaisait de se contenter d'une nourriture sans gloire, n'était qualifié pour lui reprocher d'avoir admis dans sa maison une créature gracieuse. Dès ce soir, il allait la garder et il en ferait son amie chérie dont il accepterait, sciemment et en pleine indépendance, la funeste ratatouille. Il lui restait pourtant, pour plaider sa cause devant la postérité, un long passé de triomphes, d'inoubliables initiatives culinaires, de maîtrise incontestée, qui lui donnait le droit d'arranger à sa guise ses dernières années. Mais alors sa bouche s'emplissait d'une odeur de graillon, de légumes terreux, de viande calcinée ; dans la fièvre de Vénus qui battait ses tempes, il entrevoyait la ville, la région, la France entière, attablées par sa faute devant de honteuses et écœurantes victuailles ; il se persuadait que sa désertion, c'était l'écroulement des vieilles traditions par lui ressuscitées et glorieuses. Il sentait peser sur lui tout le poids d'une renommée qui commençait à se répandre au loin, qui lui imposait un rôle, sans répit, d'arbitre du goût. L'art, l'art auquel il avait voué sa vie et qu'il avait sauvé de l'ignominieuse déchéance, venait le supplier sous des formes matérielles et charmantes qu'enfantait le délire de son ardeur.

À ces appels du devoir, succédait une vision trop cruellement précise de sa chambre bien close, pleine de l'intimité d'une soirée hivernale, moite et éclairée de la lumière dorée d'une bonne lampe. Rien ne bougeait plus dans la maison ni dans la rue. Le lit était entrebâillé, chargé du poids bienfaisant d'un édredon voluptueux, et devant lui, près des pantoufles en tapisserie, la jeune fille se dévêtait et sa chair chaude et ardente jetait, à travers les linges prêts à choir, des appels de plaisir.

Dodin ouvrit la porte pour appeler la funeste gargotière qui, dans une cuisine déjà bouleversée et saccagée, inconsciente à la fois du trouble que répandait sa beauté et de l'horreur de la cuisine sortie de ses mains, s'adjugeait ingénument les morceaux choisis de la volaille dédaignée par son futur patron. Il la referma. Voici que d'autres effluves arrivaient à ses narines, voici que d'autres parfums caressaient les muqueuses de son palais : d'ineffables bécasses versaient en songe à ses sens surexcités leur robuste fumet ; la terre merveilleuse condensait en d'adorables truffes blanches ses puissantes saveurs, un céleste rôti, velours rose, beurre de tendresse, ruisselait devant ses yeux, inondé d'un jus sans pareil.

Il ne connaîtrait plus ces délices. Il n'en transmettrait pas la tradition ni la splendeur...

Dodin-Bouffant, soudain très calme, appela la Vénus cruelle :

— Décidément, ma fille... non. Il me faut plus d'expérience. Apprenez, étudiez, travaillez... Peut-être que plus tard... Laissez-moi votre adresse.

Le quatrième apôtre

Dodin, qui formulait, à propos de l'art de la cuisine et de la dégustation, nombre de lois inflexibles et de judicieux principes, professait, entre autres, que les circonstances extérieures qui entourent un repas, si parfait fût-il en lui-même, méritent une attention méticuleuse et une vigilance raffinée.

— Un Léonard de Vinci dans une mansarde ou une sonate de Beethoven dans une épicerie n'auraient pour moi que des charmes très atténués, avait-il coutume de dire. Il faut à la beauté un décor qui permette d'en recevoir toutes les jouissances qu'elle est capable de donner et pour ainsi dire de tirer au jour toutes les possibilités de joie qu'elle renferme.

C'est inspiré par cette grande idée que Dodin-Bouffant avait organisé sa salle à manger. Il y avait combiné les agréments, la lumière, la température, les aises, de manière que la vie y parût naturelle et facile et qu'elle y perdit ce caractère coutumier de lutte manifesté constamment par l'hostilité des objets, par une chaise qui se refuse à laisser prendre au corps la position commode, par un poêle dont la lourdeur empoisonne toute sensation, par un papier mural qui contraint les yeux à une désagréable accoutumance.

Mais ce qui avait avant tout sollicité les soins du grand gastronome, c'était le choix de ses convives. Il s'y était laissé guider par une intransigeance, sœur de la férocité. L'expérience l'avait conduit à ne plus admettre à sa table que des natures d'élite dont la sincérité fût aussi haute que l'érudition, dont la faculté de sentir fût aussi développée que la délicatesse du goût. Aux premières heures de sa renommée, dans l'enthousiasme de sa jeunesse et dans sa fierté de l'Art ressuscité, il avait accueilli devant les succulences de sa cuisine tous ceux qui réclamaient l'honneur d'y goûter. En avait-il vu défiler chez lui des indignes et des inaptes, des faux gourmets et des vils flatteurs ! Il avait mal dissimulé ses angoisses de cœur à entendre des exclamations admiratives au contact de plats qu'il jugeait déplorables, ou, au contraire, à constater des enthousiasmes distraits et sans conviction devant des œuvres qu'il estimait parfaites et qui élevaient son être à des hauteurs où ses convives étaient incapables d'atteindre. Il avait épuisé jusqu'à la lie le flot des banalités et des prétentieuses incompétences. Son jugement sur les hommes s'était fait plus sévère ; il avait peu à peu restreint le nombre de ses commensaux. Il avait décidé, avant de les admettre dans sa savoureuse intimité, de les soumettre secrètement à des épreuves sans pitié et, tandis qu'il engageait avec eux, à la salle à manger ou à la bibliothèque, des discussions culinaires théoriques ou pratiques, il jugeait souverainement, et sans qu'ils s'en doutassent, au tribunal de sa science ces profanes et ces mauvais artistes que leurs hérésies, leur goût sans finesse ou leur raffinement superficiel éloignaient sans appel des délices de l'incomparable table.

Le rentier Bobage ne fut plus invité après qu'il eut pris pour un beaujolais un incomparable châteauneuf-du-pape.

Capada, l'architecte, fut frappé d'ostracisme perpétuel pour n'avoir pas su reconnaître, dans la crème d'une sauce à choux-fleurs, la caresse exotique d'une pointe de muscade.

Un fonctionnaire des Finances, ayant déclaré ne faire aucune différence entre le rôti d'un bœuf du Nivernais et celui d'un animal de Franche-Comté, fut rayé du nombre des commensaux.

Rigaille, directeur de la verrerie voisine, commit à la fin d'un repas deux hérésies coup sur coup qui furent son arrêt d'exil : il vida un verre de pommard après un vacherin au café et il refusa un persillé marbré et brisant à souhait.

D'autres subirent un sort analogue pour n'avoir pas discerné la pincée de sel lâchée en trop dans une purée de cardons, ou pour avoir loué sans réserve le canapé mal beurré d'un perdreau qui n'était pas en son point.

Mois par mois, semaine par semaine, pendant de nombreuses années, Dodin-Bouffant avait ainsi fait régner la terreur et la proscription parmi ses contemporains, compatriotes ou voyageurs, familiers ou visiteurs, tous avides d'approcher une gloire qui commençait à devenir nationale et de goûter des œuvres dont ils étaient incapables de saisir toutes les subtilités, mais dont ils subissaient, en gros, le charme et le prestige.

Dodin, dans la pratique des hommes, s'était fait une âme implacable. En fin d'épreuves, il ne resta autour de lui que trois élus qui avaient résisté victorieusement à d'innombrables traquenards et qu'il jugeait dignes d'être admis pour toujours à partager les félicités de son illustre table. Pour tout autre qu'eux, sa salle à manger fut définitivement fermée.

L'artiste, entouré de ses fidèles, ne se décida plus à tenter de nouvelles expériences. Il estimait que la chère ne pouvait être dégustée qu'entre un petit nombre de convives solidement unis par un même idéal et débarrassés des préjugés de la politesse, des bienséances et des amabilités qu'exige toujours la présence d'un étranger.

Dodin résista à toutes les sollicitations. De riches Américains, des princes russes, des lords anglais qui relayaient dans la ville de sa résidence, qui s'y arrêtait dans le vain espoir d'une invitation ou qui prenaient les bains à la station thermale du département, usèrent en vain d'influences officielles, de relations personnelles, de démarches directes et humbles. Ils ne recueillirent que déceptions.

L'illustre gastronome motiva même son refus à un baron allemand du monde diplomatique, plus pressant et plus suppliant que les autres quémandeurs, en lui expliquant qu'il « appartenait à un pays où l'on ne soupçonnait même pas qu'il pût passer par la bouche autre chose que de la nourriture ».

Le sous-préfet lui-même, homme jovial, de large envergure et fourchette remarquable, mania en vain la flatterie, les promesses et les menaces ; il n'obtint pas accès dans le quatuor passionné. Courtoisement, Dodin lui adressa un pâté froid d'écrevisses pour le remercier de lui avoir fait signaler par un forestier, démarche destinée à l'attendrir, un nid de morilles. Il daigna encore composer son menu, un jour que le fonctionnaire avait à traiter un ministre en tournée. Il contribua ainsi largement à son avancement, mais il ne le convia jamais à s'asseoir en son sanctuaire.

Ce rigide isolement et cette intransigeante humeur, par aventure, ne soulevèrent point d'hostilités, locales tout au moins, contre ce souverain de la table. On chérissait le gourmet, promu à la gloire universelle, d'être né et de s'être fixé dans la ville et d'avoir attiré quelques rayons du soleil de la Renommée sur la cité totalement dépourvue, jusqu'à lui, de grand homme ; vaguement le sens populaire avait conscience de sa réelle indignité en face d'un tel artiste.

Sans qu'il y eût aucun calcul de sa part, le prestige de Dodin-Bouffant avait profité de sa retraite et de son mystère. Il y avait acquis un respect plus général et plus profond, mêlé d'une autorité presque religieuse, respect et autorité que partageaient d'ailleurs ses trois amis, admis régulièrement à la célébration d'un culte d'art dont ils avaient su épeler le catéchisme. On regardait, en passant, la maison fermée de la rue de la Fontaine-du-Roi où s'élaboraient les chefs-d'œuvre dont on s'entretenait dans la ville et dans toute la France et où s'écoulaient des heures qu'on s'accordait, sans les connaître, à déclarer inoubliables. On conduisait les étrangers devant son modeste perron gris et devant ses volets verts, comme au Café de Saxe, comme à la mairie, d'un joli style Régence, comme, à l'église, ridicule édifice rococo où s'encastrait la surprise d'un émouvant portail roman.

Et puis, pour tout dire, la passion de Dodin-Bouffant avait créé dans la ville une noble émulation.

Quelques-uns, réalisant au fond de leur inconscience un peu de

Le quatrième apôtre

la majesté de son œuvre et supputant obscurément dans la passion de leur grand compatriote une source inépuisable de joies très pures, avaient commencé à introduire dans leur privé un raffinement nouveau. D'autres, mus par une basse jalousie, avaient voulu attester qu'on pouvait, autre part que chez Dodin-Bouffant, faire de beaux repas ; d'autres enfin avaient vite escompté le profit possible de cette gloire et compris que la ville de l'illustre gourmet attirerait les étrangers sur la foi de sa renommée. Il s'était ainsi créé une grande quantité de petits cénacles culinaires et les auberges de la ville avaient notablement élevé le niveau, déjà fort honorable, de leur ordinaire. La cuisine française, en cette cité minuscule du Jura, était, sous l'influence du grand homme, en pleine renaissance.

Est-il besoin de dire que Beaubois le notaire, Magot le marchand de bestiaux et le docteur Rabaz, les commensaux assidus et fidèles de Dodin depuis de longues années, les seuls disciples initiés, les vainqueurs des épreuves diaboliquement inventées par le gastronome avide de s'entourer de capacités, étaient les seuls aussi en tous points dignes du maître sinon pour le génie créateur, du moins pour leurs facultés aiguës d'apprécier et de jouir.

Voici cependant dans quelles extraordinaires circonstances Trifouille, le bibliothécaire municipal, fut admis à s'asseoir hebdomadairement dans ces vastes fauteuils cannés spécialement étudiés pour que l'occupant fût convenablement disposé à déguster et à digérer et où, jusque-là, trois apôtres seulement avaient été invités à caser leurs vastes rotondités.

Un soir d'hiver, tandis que Beaubois, Rabaz et Magot, gaillards et déboutonnés, marinaient dans un Xérès d'or, et pour les préparer à recevoir une fricassée de gros cèpes au Château-Yquem, leurs gosiers un peu trop impressionnés par un pâté chaud au blanc de faisan, fortement épicé, on sonna violemment à la porte de la rue. Un homme était là, essoufflé, grave, porteur d'un plat de faïence, soigneusement couvert :

— Je vous en supplie, monsieur Dodin, fit Bouringue, le receveur, conduisez-moi immédiatement en votre salle à manger pour que – et il esquissait, autant que le lui permettait son précieux fardeau, le geste de l'annonciateur de Marathon – ce plat ne se refroidisse pas ; je l'ai apporté en courant. Je vous assure que j'ai là, dans mes mains, du bonheur. Quand tout à l'heure, à la table de Trifouille, j'ai porté les lèvres à cette incomparable chose, il m'a semblé tout à coup que c'eût été célébrer les saints mystères sans le prêtre que de ne pas vous faire l'offrande de cette prodigieuse invention de Trifouille. Car il a inventé devant moi ces inexprimables délices…

Il fallait que Bouringue fût bien sûr de son fait pour supporter, sans battre en retraite, le lourd regard courroucé de Dodin. Celui-ci était généreux et donnait volontiers de son bien, il était indulgent et pardonnait les écarts mesquins ou graves de la nature humaine. Mais, sans remords, il souhaitait le brusque trépas de quiconque osait le déranger quand il officiait à l'autel de sa table.

Cependant, troublé par l'air inspiré de Bouringue et submergé par son flot d'adjectifs admiratifs, il le précéda presque malgré lui jusqu'à la salle où, sous les lumières douces et propices, attendaient ses amis anxieux.

Il regardait, sans mot dire, le sourcil froncé, l'audacieux désempaqueter son plat. Tout à coup, quand fut tombé le dernier rempart, le sanctuaire fut brusquement envahi par une bouffée enivrante où passaient, en se jouant, comme des naïades qui se poursuivent sur l'onde et se dépassent, et se frôlent, et se retournent, toute la fraîcheur de beurres succulents mêlée à la senteur rude et terrienne d'un incontestable pouilly, le tout agrémenté par une odeur profonde de marée, troublante et tonifiante comme un vent du large. Et les mets apparurent, fumants encore, sur les assiettes où ils étaient distribués. C'étaient deux tranches de chair drue et dense dont un voile léger de beurre ruisselant et ambré estompait l'admirable blancheur, deux tranches séparées l'une de l'autre par un épais bourrelet de farce dont on eût dit, à la couleur chaude, rosée et transparente, qu'elle était pétrie de vieux bourgogne, par un miracle, solidifié.

La figure de Dodin, soudain détendue, s'était empreinte d'exaltation grave et recueillie. Sa narine dilatée se grisait de cet encens culinaire. Bouringue était un peu désemparé, ayant accompli sa mission sacrée ; il balbutiait, très ému, et après avoir, dans un moment d'inspiration, trouvé l'éloquence de l'enthousiasme et l'entraînement de la persuasion, il ne savait plus que dire ni que faire de ses mains.

Dodin-Bouffant, reléguant toute politesse, qui n'est plus de mise en ces heures solennelles où l'être est remué jusque dans ses plus profondes raisons d'exister, attira à lui une des assiettes où s'étalait, bouillante, la source du divin fumet. Il planta au beau milieu du somptueux morceau une fourchette décidée, en trancha une large portion et, l'ayant introduite dans sa bouche, il ferma les yeux et se renversa sur son dossier. Et il dégusta ! Il savoura ce que son goût aiguisé lui révéla aussitôt : les deux tranches d'une chair de homard à la fois séparées et réunies par une farce où se distinguait nettement la douceur de la viande nouvelle d'un très jeune porc de lait, rehaussée d'échalote et de salaison, corsée d'une pointe de morille, amalgamée avec de la pâte à brioche, bénie indiscutablement d'une légère aspersion de bourgogne.

Quand il rouvrit les yeux, ce fut pour regarder Bouringue d'un regard indéfinissable, de ce regard de l'astronome qui quitte l'oculaire de l'instrument où il vient enfin de fixer une planète inconnue et passionnément recherchée, et il laissa tomber ces simples mots :

— Allez me chercher Trifouille.

Et tandis que Bouringue, vaguement conscient qu'il venait d'accomplir un grand acte et de marquer une date historique, sortait, hébété, d'un geste large Dodin-Bouffant montrant à ses amis le plat enchanteur :

— Goûtez, ô mes chers camarades ! nous avons peut-être trouvé un homme de génie.

Et sa lèvre charnue et ses favoris blancs tremblaient d'émotion.

Quand parut Trifouille, bedonnant et arborant de petits yeux ardents et plissés dans une face rasée et grasse, Dodin avait signifié ses ordres à Adèle, la cuisinière ; il avait, à la place d'honneur, à la sienne, fait dresser un couvert propre et neuf.

Il attendait l'auteur du plat délectable sur le pas de sa porte.

— Trifouille, lui dit-il avec majesté, jurez-moi que vous êtes bien l'auteur de ces bouchées de homard, que c'est vous, et vous seul qui les avez conçues, préparées, exécutées… jurez-le-moi, Trifouille.

Balbutiant, rouge de bonheur, ivre de gloire, sous le regard curieux de Bouringue qui, son rôle achevé, se contentait de passer un œil dilaté d'admiration par la porte entrouverte, Trifouille, l'homme qui venait d'arracher un cri d'enthousiasme au Napoléon de l'art culinaire, murmura un serment. Alors Dodin-Bouffant, le prenant avec pompe par la main, le conduisit au haut bout de la table et, à ses amis dont les yeux étaient pleins de gratitude pour le génial, intuitif et peut-être inconscient inventeur, il dit ces paroles qu'il n'avait plus prononcées depuis dix ans, depuis l'admission solennelle de Beaubois :

— Messieurs, monsieur le bibliothécaire Trifouille est désormais des nôtres. Il est digne d'être admis dans notre cénacle. L'auteur de l'admirable hors-d'œuvre que vous venez de déguster est un maître et je me sentirais humilié de célébrer sans lui le culte sacré auquel nous avons consacré notre vie.

Trifouille étant installé à la présidence, ce fut sur son assiette qu'on déposa le premier pâté à la Choisi qui se fait, comme chacun sait, de perdrix désossées qu'on a farcies de leurs carcasses (pilées avec leurs foies), de truffes, de menu lard et des épices ordinaires, perdrix qu'on a enrobées de foies gras dégorgés et blanchis, lardées d'anchois frais, et qu'on a fait cuire dans une pâte légère, en les nourrissant de bon beurre et baptisant la fin de la cuisson d'un demi-verre de vieille eau-de-vie. Cet entremets plus qu'honorable, légué par la vieille cuisine de France, ne s'accommode parfaitement que d'un vieux vin de Saint-Gilles à demi capiteux, doté par un âge respectable d'une générosité qui n'est jamais le fait de la jeunesse et d'une chaleur tempérée, déjà empreinte de crépuscule.

Dodin-Bouffant, un pot au feu et une altesse

Sans qu'il en tirât la moindre vanité, la gloire de Dodin avait franchi les limites de sa province et même les frontières de sa patrie. Le nombreux courrier que lui apportait hebdomadairement la poste des messageries, comme la curiosité des voyageurs qui traversaient la modeste et paisible cité où s'écoulait l'existence du grand homme, attestaient l'étendue de son empire et l'immensité de sa renommée. Il se dérobait d'ailleurs également à toute correspondance et à toute visite. Il demeurait modeste, bon, simple, consacrant, avec une gravité sans cesse plus consciente et une ardeur plus exclusive, les forces et les méditations de la fin de son âge mûr a son art subtil et magnifique auquel il estimait devoir, pour la gloire traditionnelle de son pays, le meilleur de lui-même et toute l'activité de son génie.

À ses intimes, autour de la lampe, après avoir lu dans quelques vieux maîtres des pages qui restituaient à la cuisine et aux beautés de la table leur vraie noblesse, il avouait ses secrètes ambitions :

— L'art du goût, leur disait-il, n'a connu encore que des siècles désordonnés et touffus, pleins d'inventions et de belles choses, certes, riches et savoureux, abondants, même prodigues, mais tumultueux, sans règles et sans lois, empreints d'une jeunesse exubérante et un peu brouillonne. La table attend encore son grand siècle classique. Il y a eu de nobles précurseurs, mais la cuisine verra naître ses Pascal et ses Molière, ses Racine et ses Boileau, des génies ordonnateurs et méthodiques, profonds et pénétrants, grands maîtres des tons, des nuances, des oppositions, des ombres et des lumières, des subtilités et des enchantements, éducateurs et arbitres de nos palais, créateurs des règles de l'avenir. Nul doute que ces beaux génies ne soient français. Tout, dans l'histoire culinaire, indique que notre patrie est destinée à l'honneur de voir pousser sur son sol la pleine floraison d'un art qui prendra sa place incontestée entre les autres grands arts. Vous êtes plus jeunes que moi, mes amis. Modestement, j'ai essayé de vous montrer la voie ; méditez, travaillez ; vous avez, sur la terre, le bonheur prodigieux d'habiter la contrée, la seule peut-être où soient réunis tous les matériaux de l'œuvre à édifier. Oui, méditez, formez votre imagination à combiner des hypothèses de goûts, l'hypothèse est la mère de toutes les grandes découvertes ; aiguisez vos facultés gustatives…

Un jour, le journal bihebdomadaire de la province, *La Charte*, annonça, dans les *Échos de la région*, la venue aux eaux de D… du prince héritier d'Eurasie. Rabaz lut cette nouvelle à Dodin, vers l'heure de midi. Le gourmet, en costume négligé d'été, était renversé dans un grand fauteuil d'osier, au bord de la pelouse de son jardinet ombreux et discret, d'où l'œil fatigué se reposait, par-delà le marronnier, sur la ligne ondulée et bleue du Jura. Il buvait, à petits coups, un vin de cerises à la cannelle et à la coriandre, tandis que le docteur coupait sa lecture en dégustant à larges lampées cet Élixir royal velouté que M. Bouscarat, distillateur à Clermont-Ferrand, venait de substituer dans la mode à la liqueur de Garus. La paix silencieuse des midis d'août tombait sur les deux consommateurs.

Dodin ne parut point prêter grande attention à l'arrivée dans la région de l'illustre prince.

À l'invite d'Adèle, on passa à table. La salle, dans la mi-ombre, était fraîche, mystérieuse et confortable. Le menu des deux amis, ce jour-là, était des plus simples. Il comportait comme entrée un boudin blanc de poisson, qui se fait d'anguille, de carpe et de brochet, hachés menu avec de la mie de pain trempée dans du lait, le tout délayé dans une demi-livre de beurre fin et frais, rehaussé de fines herbes et d'épices, de jaunes et de blancs d'œufs et d'un demi-setier de crème, blanchi d'abord sur un feu léger, entonné dans une peau fine et recuit à petit feu entre deux tourtières. Il y avait encore des écrevisses à la poêle. L'appétit se concentrait ensuite sur une éclanche de mouton en hérisson que suivait un pâté de langue de bœuf, et le ragoût d'asperges en petits pois préparait doucement à l'arrivée de la tourte de poires à la glace et des biscuits à la fleur d'orange. Vins modestes, eux aussi : un arbois spirituel et frais avec les entrées, un saint-péray gracieux, plus sérieux, avec les plats de grosse nature, un jurançon tout béarnais avec le légume et un doigt de rancio bien espagnol pour soutenir la douceur des pâtisseries.

Ce fut aux asperges seulement que Dodin-Bouffant revint sur l'information de *La Charte*. Ce prince d'Eurasie, dit-il, comme s'il avait intérieurement poursuivi une idée, est, assure-t-on, une aimable altesse. J'ai ouï dire que, pour un homme de cette qualité, son service était des plus honorables et qu'il ne se contentait point, à table, à moins de chère succulente, abondante et habilement combinée.

Le docteur ne fut point peu surpris de ces louanges. Son illustre ami en était un dispensateur avare.

Ils digéraient en la librairie de Dodin avec des cafés bouillants et des ratafias de noyaux et de citrons, quand le trot rythmé de deux chevaux bien accouplés s'arrêta net devant le petit perron de la rue.

Au bruit du heurtoir, Adèle s'en fut ouvrir et, après avoir annoncé le visiteur, elle introduisit, à l'acquiescement du maître, un gentilhomme rasé, vêtu d'un pantalon de nankin rayé à sous-pied et d'un habit croisé d'où émergeait un jabot tuyauté. Il portait le toupet romantique et se présentait avec des gestes pleins d'aisance et de grâce.

— Mon maître, le prince d'Eurasie, dit-il en s'inclinant, m'a dépêché auprès de vous, Monsieur, pour vous prier à dîner avec votre suite. Son Altesse ne se méprend point sur l'audace de son invitation. Passionnément éprise de l'artiste que vous êtes, elle connaît, par les récits qu'elle se fait constamment conter de votre vie, dans quelle réclusion méditative et dans quelle défiance justifiée des tables étrangères vous vous entretenez. Son Altesse ose espérer que vous ferez, en sa faveur, une exception, en considérant qu'Elle est, de tout son cœur, votre disciple ; que, sans prétendre à votre génie, Elle a consacré à l'art où vous êtes le Maître une bonne partie de son existence, qu'Elle s'essaye sincèrement à vivre suivant vos principes et que, n'étant point encore, hélas ! parvenue à concentrer toutes ses passions sur le seul objet du bien-manger, Elle s'est pourtant élevée jusqu'à cette notion que la perfection dans l'art que vous illustrez est chose aussi grave que la conduite de ses États. Son Altesse, à votre intention, a fait mander son second maître de cuisine, le premier étant fort souffrant d'une fièvre maligne. Il arrive demain en poste pour collaborer avec le chef spécialement engagé par l'hôtel, à Sa demande, afin de vous traiter.

Rabaz prévoyait un refus courtois. Mais l'aménité du compliment avait séduit Dodin-Bouffant dans son orgueil le plus caché et, dirai-je, le plus noble. Il lui plaisait qu'un prince lointain lui rendît hommage et se reconnût le fils de son effort et de sa pensée. Et puis l'envoyé n'apportait-il pas, dans la chaleur de l'invitation, la renommée délicate et flatteuse de l'héritier d'Eurasie ? Sa réputation de raffiné et de connaisseur n'était-elle pas pour le gastronome un garant qu'il ne s'abaissait pas ? Un chef arrivait pour lui du fond de l'Europe. Un prince lui dépêchait un ambassadeur pour lui rendre hommage, un prince réputé pour la sûreté de son goût, le faste de sa table, la somptuosité des mille détails qui entourent un festin. Et le prince ne devait-il pas à la gloire de son hôte et à la sienne propre de ne le convier qu'à une réception qui fût presque une apothéose ?

Dodin-Bouffant accepta et désigna Rabaz comme « suite ».

Au jour dit, le soleil ardent inondait les campagnes de joie lumineuse et les embaumait d'un parfum de moissons surchauffées. Une calèche découverte vint chercher les hôtes du prince. Dodin-Bouffant était simplement paré d'un habit noir à la française, culottes courtes, bas de soie, souliers à boucles. Il portait l'épée au côté. Rabaz avait la taille sanglée dans une redingote tête-de-nègre à double collet, pantalon blanc et chapeau de feutre de soie à longs poils.

Le voyage fut un enchantement. La montagne bleue, dans la brume tiède, paraissait lointaine. Les troupeaux, déjà couchés dans les champs frais, ruminaient des herbes odorantes. Les chaumes des villages ruisselaient de lumière et d'allégresse, l'ombre des arbres elle-même était tout imprégnée de clarté. La route était en joie. Les perdrix agitaient les champs de blé dans leur course folle, comme une brise qui aurait rasé la terre, et Dodin, montrant un lièvre qui filait entre les pattes boueuses d'une vache, devant les pierres grises et branlantes d'un petit mur de vignoble :

— Quel admirable pays ! Regardez, Rabaz, cette puissante synthèse : l'animal, la crème, le vin… un civet complet !

Le long d'un étang, à moitié caché sous une voûte de chênes, dans un peu de fraîcheur, des insectes d'eau les enveloppèrent d'un vol bourdonnant et toute la vie de l'été chantait dans leurs ailes irisées.

L'officier de bouche les attendait dans la grande cour. Il fit descendre le Maître et sa « suite » de la calèche poudreuse et les conduisit vers le prince qui, avec beaucoup de bonne grâce, les pria de s'asseoir. Ils furent vite affranchis de la solennité guindée de la présentation. Un valet leur présenta des vermouths, de la crème d'absinthe fraîche à la cannelle et de la liqueur de cédrat frappée. Dodin restait digne et réservé, énonçant parfois et d'une voix lente des aphorismes qui arrachaient à l'Altesse royale des regards d'admiration quand il parvenait à en saisir toute la profondeur.

Puis on annonça le moment de passer à table. Elle était parée avec un goût discret et noble. Le couvert et le décor se tenaient dans une teinte d'un bleu tendre qui reposait les yeux sans les trop solliciter ni les détourner de leur vraie occupation qui devait être de contempler les plats.

— Maître, dit le prince en s'adressant à son hôte, je ne suis point de ceux qui pensent qu'une ordonnance de festin se doive découvrir sur une carte, du coin de l'œil, à la dérobée et comme honteusement. Souffrez, sans y voir une ostentation qui n'est point dans ma pensée, que mon officier de bouche vous donne lecture du modeste repas qu'il va avoir l'honneur de vous présenter.

Les trois convives, dans une attitude recueillie, écoutèrent.

— Veuillez annoncer, monsieur l'officier, commanda le prince.

La main à la garde de son épée, l'officier commença d'une voix forte et grave :

— Les potages seront :

« Un de bisque de pigeon,

« Un de cailles au coulis à la reine,

« Un d'écrevisses,

« Et l'autre de soles farcies.

« Pour le plat du milieu,

« Un marcassin. Aux deux bouts, un pâté royal, une terrine de faisans aux truffes vertes.

« Les hors-d'œuvre seront :

« Un de perdreaux aux fines herbes à la broche, avec une essence de jambon,

« Un poupetin de tourterelles,

« Deux de saucisson à la dauphine,

« Un de brochet fourré.

« La grande entrée sera :

« De deux poulardes farcies à la crème,

« De lapereaux à la Saingaraz,

« D'oiseaux de rivière accommodés aux huîtres.

« Et les vins de ce premier service seront :

« Après le potage, de Xérès sec, et, pour le blanc, de Carbonnieux, de Langon, de Meursault et de Pouilly ; pour le rouge : de La Chaînette, de Thorins et de Saint-Estèphe.

« Et pendant qu'on parera le second service, on servira :

« De la malvoisie de Chypre et des madères. »

L'officier s'inclina en saluant de son bicorne noir, fleuri d'une cocarde mauve et or, aux couleurs de la Maison. Il continua :

— Le second service sera de deux relevés précédant les quatre gros plats de rôts :

« Un de lottes du lac de Genève à la vestale, et l'autre de truites de torrent à la Chartreuse.

« Et les plats de rôts seront :

« De dindons à la daube,

« De côtes de bœuf à la hollandaise,

« De poitrine de veau au pontife, escortée de ris de veau de la même manière et de quenelles de la même pièce,

« Et d'un gigot de mouton en filets farcis.

« Il y aura quatre sauces :

« Piquante,

« Au pauvre homme,

« Au bleu céleste,

« Et à la nichon.

« Et trois salades :

« D'herbes,

« D'oranges,

« Et d'olives.

« Et les entremets chauds de ce service pour relever les rôts et les salades :

« De chanterelles farcies,

« De crêtes en pagode au vin de Champagne,

« D'asperges,

« De rôties en rocher,

« De laitances de carpes à la Béchamel,

« Et de truffes à la Maréchale.

« Les vins de ce service seront, pour le blanc : de Haut-Preignac, de muscat de Frontignan, de Jurançon et de Seyssel ; pour le rouge : de la Côte-Saint-Jacques, de Cortaillod-en-Neuchâtel, de Richebourg et de Romanée-Conti.

« Et pendant qu'on parera le troisième service, on servira :

« Les sorbets au marasquin,

« Les vins de Tokay, de grenache et de lacryma-christi.

L'officier s'inclina derechef en se découvrant. Il continua :

— Le troisième service sera, pour les potages :

« Un de panade de blancs de poulardes,

« Un de bouillon de métonnage,

« Et d'une ouille au bain-marie.

« Pour les entrées :
« De hure de saumon,
« De lapins au Père Douillet,
« D'oie à la carmagnole,
« D'alouettes au gratin,
« De faisan en gondole,
« De terrine de bécasses.
« Pour les hors-d'œuvre, relevés d'entrée :
« D'andouilles de poisson,
« De beignets de blanc-manger,
« De foie gras à la cendre.
« Les desserts seront de quatre assiettes de compotes, pâtes et marmelades :
« De compote de coings en gelée vermeille,
« De compote grillée de pêches,
« De pâtes d'avelines,
« De marmelades de violettes.
« Il y aura :
« Des oranges douces et des poires à l'eau-de-vie,
« Des candis de cannelle et de jonquille,
« Des gaufres au vin d'Espagne,
« Des cornets et des gimblettes,
« Des massepains en lacs d'amour,
« Des macarons au liquide,
« Des glaces de rose, d'épine-vinette et de grenade,
« Des ouvrages d'amande,
« Des fromages glacés,
« Et des eaux rafraîchissantes de fenouil, de pistache et d'orgeat.
« Les vins de ce service seront,
« pour le blanc : d'Yvorne, de Rochecorbon, de Puy-Notre-Dame et de Vouvray ;
« pour le rouge : de Chambertin, de Mouton-Laffite, d'Hermitage et de Lunel.

« Puis viendront les champagnes rouges de Bouzy, de Verzenay et de Porto.

« Le café de Moka. Les ratafias blancs d'abricots de Grenoble, de muscat et d'anis. »

La lecture de cette opulente ordonnance n'alla pas sans arracher aux sourcils olympiens de Dodin-Bouffant quelques froncements. Non qu'il fût ému par le nombre des plats. Il était de ces hommes dont la délicatesse de tenue et de gestes, la légèreté de main, la distinction dans la façon d'absorber ont un charme tel qu'il dissimule l'ampleur de leur appétit. Ce gourmet ne craignait aucun menu, dût-il le tenir à table un jour et une nuit, mais il savait le déguster avec une grâce qui faisait oublier sa formidable capacité. Quelle que fût l'abondance de la table il faisait front avec un bel appétit, mais avec une telle distinction qu'il ne semblait manger que du bout des lèvres. Dodin, impavide, se sentait parfaitement de taille à tenir tête à d'autres harnois de gueule. Mais au passage, il avait remarqué quelques solécismes choquants dans la composition du morceau et dans la succession des saveurs, solécismes inspirés assurément plus par le souci de l'apparat que par la recherche sincère de l'harmonie. Ainsi, comme plats de table, il eût préféré au marcassin un veau de rivière aux pistaches et cuit en daube, étant donné que le pâté de droite était royal et la terrine de gauche aux faisans, ce qui accumulait des viandes échauffantes, de goûts opposés, et alliait fâcheusement, pour ce service spécial, des gibiers auxquels ne convient aucun ordre de succession. Ainsi encore, dans le premier hors-d'œuvre, il réprouvait d'étouffer la suavité du perdreau sous une essence de jambon, comme il n'admettait qu'avec peine de finir le second rôt sur un gigot, après une poitrine blanche qu'il eût préférée, en tout cas, pour assurer la transition, à la marinade plutôt qu'au pontife. Un cortaillod frais le choquait beaucoup au milieu de l'ardeur généreuse d'une côte-Saint-Jacques, d'un richebourg et d'un romanée.

Le repas se déroula suivant le menu, avec quelques fautes cependant dans l'ordre des vins, dans leur adaptation aux mets qu'ils escortaient et dans le choix de leur année. Il est certain, comme Dodin l'expliqua plus tard à Rabaz, que le Saint-Estèphe 1817, moins violent, plus atténué, eût mieux convenu que le 1819 à la saveur un peu pâle de la crème dont étaient farcies les deux poulardes de la grande entrée du premier service.

Dodin remarqua en outre que la pâte, la qualité, le degré de cuisson des pains servis étaient accouplés sans aucune recherche ni discernement avec les plats qu'ils accompagnaient, car il n'est point indifférent d'offrir au hasard de la miche ou de la couronne, de la brioche ou du pain de Vienne avec n'importe quelle chair végétale ou animale.

Les services se succédaient et, tandis que l'orgueil se répandait sur les traits du prince dont la majesté affectée résistait faiblement d'ailleurs à l'abondance des victuailles et à la générosité des liquides, la figure du Roi des Gourmets se faisait sévère et, pourrait-on dire, critique. Il tendait son effort, car il était courtois, à dissimuler sa déception sous une bonhomie qui ne parvenait à être que de l'indulgence, c'est-à-dire, malgré lui, insultante. Visiblement, et l'officier de bouche qui prenait un air pincé et dédaigneux, le remarquait bien, un malentendu complet se glissait entre les deux altesses.

Rabaz, élevé à trop fine école pour ne pas comprendre la situation, et au surplus, par sa profession, accoutumé à deviner le cœur des hommes, suivait les étapes du mécontentement du Maître, en approuvait sans réserve la rigueur, mais tentait, par une certaine rondeur et en redoublant d'appétit, d'atténuer l'hostilité latente. Il était entravé dans cette tâche de conciliation et eût donné la moitié de sa clientèle pour oser déboutonner sa redingote.

Dodin mangeait, avec conscience plus qu'avec ferveur, comme un homme loyal qui veut pousser l'épreuve jusqu'au bout et ne juger que sur des données complètes. Il mangeait sans lassitude et sans défaillance, dégustant sans hésiter, selon les mets, l'un ou l'autre des verres placés devant lui et que le sommelier remplissait automatiquement. L'abondance des plats et des liquides ne parvenait point à entamer son parfait sang-froid que le prince d'Eurasie, plus ému, lui enviait et admirait sincèrement.

On ne parlait que fort lentement, comme si les sujets étant désormais limités, on eût craint d'épuiser ceux qui demeuraient permis et inoffensifs, avant la fin du repas.

Le dessert parut enfin. Son Altesse qui, assurément, selon la coutume des grands, s'était plus regardée Elle-même qu'Elle n'avait regardé ses hôtes, ne paraissait point affectée de la réserve tiède de son invité. Ravie du festin qu'Elle donnait, Elle ne supposait même pas que ses convives ne fussent point émerveillés ; quoique fort décente encore et maîtresse d'Elle-même, Elle avait pourtant atteint ce degré de béatitude où l'on est disposé à interpréter au mieux les doutes qui n'épargnent aucun rang. C'était l'heure douce où les mortels de peu d'importance, alimentés et abreuvés, prennent soudain la résolution définitive de conquérir la gloire et où les souverains décident en eux-mêmes de régner par la justice et la bonté.

Les cigares, apportés des Îles à grands frais, dans des coffres habilement ventilés, fleuraient les corps brûlants des créoles ; les ratafias et les eaux-de-vie étaient sans reproches, ce qui conféra à la dernière heure un peu de détente et d'abandon.

Dodin-Bouffant et sa suite prirent congé du prince avec beaucoup de courtoisie, mais le Maître ne put se retenir d'envelopper le remerciement de nuances imperceptibles qui attestaient que ce cœur loyal ne savait guère feindre complètement.

Il était temps d'ailleurs que la calèche tournât au bout de la grande allée de chênes par où l'on quittait le pavillon réservé au prince et à sa cour. Dodin avait un besoin immédiat de parler :

— Quelle pitié, mon pauvre Rabaz, de voir ainsi gâcher de si beaux dons et tant d'éléments précieux ! Vous avez pu vérifier par cette grande leçon la vérité de ce que j'ai souvent avancé devant vous. Ce pauvre homme de prince – et l'Eurasie est heureuse qu'il soit parmi les meilleurs – en est encore aux temps barbares. L'œuvre qu'il nous a servie est touffue, abondante, riche, mais sans lumière et sans clarté. Point d'air, point de logique, point de ligne. De la coutume, mais pas de règles. Un défilé, mais pas d'ordonnance. Quelles fautes dans la succession des goûts et des touchers ! Sert-on de suite une bisque de pigeons et un potage de cailles ? Et, dans les deux services voisins, la sole farcie et le brochet fourré ? Que dire d'un gastronome – ou qui se prétend tel – qui n'appelle à la rescousse aucun gros poisson ou crustacé de marée, forts en parfum et imprévus dans ces régions ? Il fait venir un chef et point de homard ! Et quel chef ! qui, pêle-mêle, sans aucun souci des saveurs et de la qualité des chairs, met une oie entre des lapins et des alouettes et la présente encore à la carmagnole, quand, dans le même service, le palais a déjà été violemment secoué par des coulis teintés de vinaigre alors qu'il fallait le garder frais pour saisir les nuances infinies des bécasses ! Je n'aime point non plus que les ouvrages d'amande, qui exigent tant d'attention et d'analyse, se trouvent après les glaces qui paralysent et endorment les facultés et avant les fromages, eux aussi glacés, qui finissent ainsi par laisser dans la bouche un parfum de pommade vulgaire. Quant aux vins de relevés, ils étaient distribués au plus mal et suivant une ignorance bien fâcheuse des préparations gustatives.

Ces erreurs ne sont déjà point minces. Il en est d'autres qui ont provoqué en moi une telle colère que j'ai failli, mon ami, me livrer à un regrettable scandale. Ce chef est un misérable et son maître un homme dénué de goût. Je regrette de le dire d'un prince qui nous voulait du bien. Mais est-il permis aussi d'étouffer les divins parfums de la nature sous l'uniformité de sauces aussi sophistiquées ! Sous la hollandaise, par exemple, avez-vous le moins du monde retrouvé cet arôme énergique et sain du bœuf, d'ailleurs piètrement choisi dans l'échine d'un animal nourri, sans doute, parmi des prés quelque peu humides ? Mais en revanche, la banalité de cette hollandaise, je l'ai retrouvée identique, sous le masque de la béchamel et de la saingaraz. Et cette garniture épaisse à la vestale qui, si fâcheusement, m'a dissimulé ce parfum de plantes aquatiques qui doit dominer dans la chair de la lotte, ce cuisinier du diable n'a-t-il pas eu l'audace de vouloir me la faire apprécier encore dans sa panade de blancs de poulet et dans son poupetin de tourterelles ! Ah ! Rabaz ! Cet homme appartient à la détestable race de ces faux artistes qui, le matin d'un repas, confectionnent trois marmites de sauces, une espagnole, un roux et une blanche, et les distribuent dans tous leurs plats, rehaussées, allongées, réduites, mais sans se soucier des lois supérieures, des accouplements, rapprochements, combinaisons, oppositions, clairs-obscurs, lumières ou ombres, par lesquels on fait valoir l'essence même du végétal ou de l'animal, sa saveur intime, son caractère essentiel, dont on corrige ses déficits, dont on encadre ses beautés et par quoi l'on sollicite ce qu'il a de divin, l'âme la plus profonde et la plus méconnue de sa matière. De la cuisine, ça ? Allons donc ! pour des Iroquois, pour des princes, pour des Allemands. Pas pour nous.

Dodin-Bouffant s'était tu et Rabaz, emporté dans ces hautes spéculations, ne disait mot. Le soir rôdait déjà sur les pentes du Jura, sous les arbres, au cours des ruisseaux, et la poussière du jour, chassée par la fraîcheur prochaine, ne faisait plus dans l'air apaisé que de larges traînées de cendres bleuâtres. Les troupeaux allaient en sonnant vers les abreuvoirs d'eaux vives. Les femmes étaient assises au seuil des fermes. L'été s'enveloppait de nuit.

— Je donnerai une leçon à ce prince ! Je lui ferai porter une invitation, Rabaz, conclut Dodin.

Beaubois, Magot et Trifouille attendaient les voyageurs dans le cabinet du Maître. Mais celui-ci, de fâcheuse humeur, chargea Rabaz de l'excuser. Il se fit servir dans sa chambre, avant de se mettre au lit, simplement une essence de consommé avec un œuf poché et quelques brins d'estragon, un blanc de dinde dans une gelée au vin et une fricassée de pointes d'asperges. Il trempa quelques biscuits dans un verre de grenache, but une large lampée de tilleul au miel, jeta un regard de reconnaissance sur Adèle et se glissa dans un lit bien frais où, d'ailleurs, il rêva qu'un chef au visage lugubre de quaker, vêtu mi-parti en cuisinier et mi-parti en Lucifer, lui entonnait par force de gigantesques marmites de sauce épaisse confectionnée avec des essences minérales et d'horribles composés chimiques.

Dans l'unique calèche de la ville, repeinte, vernie, tapissée à neuf d'un reps couleur poussière, le bibliothécaire Trifouille fut chargé d'aller chercher, au jour dit, le prince. Dodin-Bouffant voulait ainsi affirmer à Son Altesse que Rabaz ne formait pas, à lui seul, toute sa maison.

Il n'avait confié à personne le soin de laver et de préparer le service à petites fleurs bleues, de vieux Nyon, en pâte si douce que le couteau glissait à sa surface comme sur une plaque de verre, service précieux qu'il tenait de son arrière-grand-mère.

Le prince avait reçu avec émotion et allégresse l'invitation de l'illustre gastronome. Et, plutôt que de manquer à ce festin, qui le sacrait définitivement parmi les souverains du monde et lui conférait, pensait-il, une noblesse autrement précieuse et rare que celle de ses blasons, il eût renvoyé son Conseil ou retardé d'un courrier le départ de ses dépêches. Il imaginait à l'avance, et en pleurant de tendresse, les somptuosités culinaires avec lesquelles le gourmet allait le traiter.

Dodin l'attendait dans sa bibliothèque, entouré de Rabaz, de Beaubois et de Magot, tous les quatre en redingote, mais parfaitement accoutrés à leur aise pour affronter, sans être gênés, de gigantesques ripailles.

Les présentations faites – et l'héritier d'Eurasie eut immédiatement, et malgré lui, l'impression que ces maîtres universels de la table, ces dieux de la cuisine étaient, par leur science, ses égaux –, on fit rafraîchir l'hôte couronné avec du paphos flétri, dûment glacé, de l'arbois à la girofle, au mieux de sa fraîcheur, et des amers d'Italie tempérés d'essences de fraises et de citrons, puis on passa sans attendre dans la salle du repas où l'ombre, en cette canicule, était paradisiaque et propice aux grands recueillements. Le couvert, par ses porcelaines, ses argenteries, ses fleurs simples, négligemment jetées sur une nappe fine et immaculée, inspirait un harmonieux apaisement fait de dignité, de cordialité et de délicatesse. Dodin, quand tout le monde fut confortablement installé dans ces vastes fauteuils sur lesquels il avait longuement médité, se leva et sur un bristol lut ce qui suit :

— Menu du repas offert par M. le président Dodin-Bouffant à Son Altesse Royale le prince héritier d'Eurasie :

Les friandises avant le potage,

Le potage Adèle Pidou,

Les fritures de Brillat-Savarin,

Le pot-au-feu Dodin-Bouffant paré de ses légumes,

La purée Soubise,

Les desserts,

Vins blancs des coteaux de Dézaley et de Château-Grillé, Vins rouges de Châteauneuf-du-Pape, de Ségur et de Chambolle.

C'était tout. Il se rassit. Avec le dernier mot, une gêne cruelle et froide tomba autour de cette table devant laquelle tant d'illusions et d'espoirs venaient de s'écrouler. Les convives n'osaient plus se regarder entre eux et, bien que le silence leur pesât étrangement, ils ne trouvaient point de mots dans leurs gorges étranglées de déception. Le prince, songeant que ce maigre programme n'aurait pas – à beaucoup près composé le premier service de son ordinaire, délibérait en lui-même s'il devait accepter qu'on l'eût dérangé de si loin pour manger du pot-au-feu qu'il laissait, chez lui, à son office.

Ces quatre petits plats, voilà tout le menu qu'il pourrait narrer de sa réception chez Dodin-Bouffant !

Trifouille, Rabaz, Beaubois, Magot oscillaient entre la terreur d'un royal esclandre et le désappointement d'avoir cru que ce jour serait le point culminant de leur ascension vers les sommets transcendantaux des ivresses culinaires. Ils étaient d'ailleurs parfaitement certains que cette maigre chère serait irréprochable.

Dodin-Bouffant, sa lèvre rasée et gourmande raidie et gonflée pour contenir le sourire qui la chicanait, se rassit fort à son aise.

Un de ces instants pleins d'anxiété plana sur les êtres et sur les choses où ceux qui les vivent souhaitent que la terre s'entrouvre tout à coup et les engloutisse, ou qu'au contraire, le ciel s'écroulant, mette fin au supplice d'attendre seconde après seconde l'explosion d'une auguste colère.

Dodin, pour sonner, ayant appuyé sur le bec de cuivre d'un hibou, Adèle, avec de petites révérences ridicules, apporta le plateau chargé des friandises qu'elle disposa sur la table en entrecoupant ses politesses maladroites de grognements irrités. Il y avait là des gelées de chanterelles et d'écrevisses, de petites truites confites, bourrées d'estragon et d'olives hachées, des saucissons frais du village de Payerne dont les chairs juteuses et grasses étaient imprégnées d'essences de bois parfumés, des hachis de pigeons à la crème, des œufs bourrés de pâte à quenelle odorante, des rôties au beurre chargées d'un dôme de foies de canards pilés, des croquettes de fromage bouillant enlaçant des aiguillettes de jambon, de minuscules grives froides et désossées, bardées de couches d'anchois, des tonnelets de laitances piquées de girofles et fardées de poivre rouge, des pilafs froids de thon au citron, des anguilles glacées farcies de purée de crevettes, des boudins frits de gibier et de chair à saucisses et une gracieuse barque de beurre frais et bien moulé.

L'abondance et la richesse de ces friandises, certes, en réjouissant les appétits surexcités, atténuèrent quelque peu la terrible gêne qui, verte et creuse, s'était assise inopinément à cette table, au milieu de ces convives de choix ; mais malgré tout, en plongeant des cuillères impavides dans ces hors-d'œuvre ou en les attaquant d'une fourchette sans hésitation, chacun entendait retentir à ses oreilles le son vulgaire, sans gloire et parfumé de graillon de ces trois petits mots : Pot-au-feu. Les puissantes mastications de ces hommes, rompus à tous les nobles exercices de la gastronomie, étaient comme voilées de regrets, de détresse, presque de reproches. Ces êtres d'élite, parmi lesquels quatre au moins étaient sans doute les plus beaux cerveaux culinaires du monde, à cette heure mélancolique de leur histoire, dégustaient fortement, autant pour parer à la maigreur de la suite du repas que pour se griser, comme un musicien d'harmonie ou un peintre de couleurs, de cette prodigieuse symphonie de goûts, combinés et mariés avec une adresse supérieure et sans défaillance et avec lesquels le maître du logis composait prestigieusement. Il savait jouer en virtuose de toutes les nuances de cette exaltation, si complexe, qu'apportent au cerveau les impressions du palais, douces tour à tour et brutales, aimables et graves, troublantes et chaudes. Et le Dézaley bien frais, entre cet amoncellement de précieuses bagatelles accumulées avec prodigalité, coulait souple au gosier, vivifiant et parfumé, irriguant de sa fraîcheur odorante toutes les papilles et toutes les muqueuses, les reposant et les stimulant.

Les sentiments des convives étaient à cette heure extrêmement contradictoires.

Pourtant, les raffinements inattendus et quintessenciés de leur hôte les avaient favorablement disposés à accueillir le potage. Et Dodin-Bouffant le devinait bien, tel le grand général qui perçoit l'instant, invisible à tous, où la bataille est gagnée.

Ce potage était tout simplement un chef-d'œuvre. Très complexe et très médité, d'un charme parfois un peu vieillot, à la Greuze, il comportait pourtant des brutalités à la Ribera et quelques tendresses imprévues de Vinci. Son allure générale rappelait le développement d'une sonate où chaque thème garde sa vie et sa saveur propres dans la puissance et l'harmonie fondues de l'ensemble. Il y avait un goût unique, mais chaque partie de ce goût conservait son goût personnel et naturel. Le fond en était de deux consommés superposés, tous deux extrêmement puissants et concentrés, faits l'un d'une grosse culotte de bœuf et l'autre du jus de plusieurs livres de légumes frais, cuits dans une eau très courte, additionnée d'une pointe de fine champagne pour la corser. À ces quintessences, on avait mêlé un coulis léger, mi-parti de champignons, mi-parti d'asperges blanches ; un goût averti y découvrait encore quelques tasses de bouillon de volaille, destinées à adoucir et auquel on avait incorporé quelques jaunes d'œufs battus avec une dose sérieuse de muscade. Sur ce liquide odorant et divin nageaient, îles fortunées, des culs d'artichauts blanchis chargés d'une farce sautée au beurre où étaient pétris pêle-mêle des laitances de carpes et des champignons oints de crème ; sous la surface fumante, plongeaient dans les profondeurs miroitantes, perles lourdes de beauté, des croquettes dont l'intérieur était bourré de queues d'écrevisses enlacées de fromage fondu.

Ce potage conquit instantanément tous les suffrages et quand les cinq rassérénés eurent, d'un cœur plus égal, attaqué la friture de Brillat-Savarin, les lumières de la béatitude et de l'apaisement s'installèrent définitivement dans leurs cerveaux. Cette friture se présentait sous l'aspect de petits beignets ronds, croustillants assez pour que la dent rencontrât une légère résistance et n'arrivât qu'après un quart de seconde au cœur tendre et crémeux du trésor. Mais alors !… De ces beignets ambrés comme la peau d'une belle Cinghalaise, les uns recelaient astucieusement dans leurs enveloppes dorées des foies de lottes teintés d'un beurre à peine indiqué ; les autres, des moelles onctueuses parfumées de safran ; il y en avait d'autres dont le secret chéri était des cervelles de bécasses conservées dans une marinade de Volnay. Les flancs enfin de quelques-unes de ces boules brûlantes et grasses livraient de précoces cardons d'automne. Le prince d'Eurasie, grisé par tous ces parfums dont pas un n'était dénaturé sous des sauces criminelles, dont les assaisonnements au contraire étaient combinés pour exalter les grâces et l'essence naturelles, le prince d'Eurasie commençait à comprendre. Son esprit était d'ailleurs sollicité à ces découvertes par un merveilleux châteauneuf-du-pape qui soufflait dans l'esprit, comme un bon vent du large dans une voile, tout le soleil qu'il avait dérobé, toute la ferveur de cette terre chaude de la vallée du Rhône, patrie de son âme et qui, dans ses ondoiements où la framboise s'enlaçait au tanin, apportait au cerveau une merveilleuse lucidité.

Trifouille était grave, Rabaz recueilli, Magot rouge et Beaubois soulevé d'enthousiasme. Leur bonheur eût été parfait s'ils n'eussent point attendu ce damné pot-au-feu qui pouvait tout remettre en question. Le prince, quelle que fût sa stupéfaction de découvrir qu'en cette branche de l'esprit humain où il se croyait passé maître, il ne savait presque rien, quelle que fût son allégresse de posséder en cette heure tant d'incomparables chefs-d'œuvre, délibérait pourtant encore en lui-même, avec une dignité bien près de sombrer, il est vrai, au pied de ces voluptés artistiques, comment il prendrait l'injure faite à sa majesté quand paraîtrait sur la table le plat grossier des laquais. Nous ne cèlerons point qu'à chaque attaque qu'il livrait à la merveilleuse friture, il inclinait de plus en plus à la clémence.

Il arriva enfin, ce redoutable pot-au-feu, honni, méprisé, insulte au prince et à toute la gastronomie, le pot-au-feu Dodin-Bouffant, prodigieusement imposant, porté par Adèle sur un immense plat long et que le cordon bleu tenait si haut au bout de ses bras tendus que les convives, anxieux, n'en aperçurent rien tout d'abord. Mais quand il fut posé avec effort et précaution sur la table, il y eut plusieurs minutes de réel ahurissement. Le retour au sang-froid de chacun des convives se manifesta suivant des réactions et des rythmes personnels. Rabaz et Magot mentalement se morigénaient d'avoir douté du Maître ; Trifouille était pris d'un saisissement paniqué devant tant de génie ; Beaubois tremblait d'émotion ; quant au prince d'Eurasie, son sentiment oscillait entre le noble désir de faire duc Dodin-Bouffant, comme Napoléon voulait faire duc Corneille, une envie furieuse de proposer au gastronome la moitié de sa fortune et de son trône pour qu'il consentît à prendre la direction de ses fêtes, l'énervement de recevoir une leçon qui était cette fois parfaitement limpide, et la hâte d'entamer la merveille qui étalait devant lui ses promesses et ses enivrements.

Le pot-au-feu proprement dit, légèrement frotté de salpêtre et passé au sel, était coupé en tranches et la chair en était si fine que la bouche à l'avance la devinait délicieusement brisante et friable. Le parfum qui en émanait était fait non seulement de suc de bœuf fumant comme un encens, mais de l'odeur énergique de l'estragon dont il était imprégné et de quelques cubes, peu nombreux d'ailleurs, de lard transparent, immaculé, dont il était piqué. Les tranches, assez épaisses et dont les lèvres pressentaient le velouté, s'appuyaient mollement sur un oreiller fait d'un large rond de saucisson, haché gros, où le porc était escorté de la chair plus fine du veau, d'herbes, de thym et de cerfeuil hachés. Mais cette délicate charcuterie, cuite dans le même bouillon que le bœuf, était elle-même soutenue par une ample découpade, à même les filets et les ailes, de blanc de poularde, bouillie en son jus avec un jarret de veau, frotté de menthe et de serpolet. Et pour étayer cette triple et magique superposition, on avait glissé audacieusement derrière la chair blanche de la volaille, nourrie uniquement de pain trempé de lait, le gras et robuste appui d'une confortable couche de foie d'oie frais simplement cuit au chambertin. L'ordonnance reprenait ensuite avec la même alternance, formant des parts nettement marquées, chacune, par un enveloppement de légumes assortis cuits dans le bouillon et passés au beurre ; chaque convive devait puiser d'un coup entre la fourchette et la cuillère le quadruple enchantement qui lui était dévolu, puis le transporter sur son assiette.

Subtilement, Dodin avait réservé au Chambolle l'honneur d'escorter ce plat d'élite. Un vin uni aurait juré avec quelqu'une des parties qui le composaient ; le Chambolle nuancé, complexe et complet, recelait dans son sang d'or rose assez de ressources pour que le palais y pût trouver à temps, suivant la chair dont il s'imprégnait, le ton nécessaire, la note indispensable.

Le psychologue profond avait parfaitement calculé son effet ; ces âmes raffinées dégustaient une double allégresse ; elles étaient délivrées du noir souci qui les obsédait et l'exaltation des sens leur apportait l'épanouissement joyeux de ce régal inattendu. Les chaînes de l'angoisse tombaient définitivement à cette heure précise où la chaleur et la vertu des vins inclinaient à la vie pleine et à l'abandon. Maintenant, l'ardeur intime se donnait libre cours. Plus d'ombres. On était rassuré. On pouvait en toute béatitude se livrer au plaisir de savourer et à cette douce amitié confidente qui sollicite les hommes bien nés à la fin des repas dignes de ce nom.

Le prince avait compris, certes ; mais l'honneur était sauf. Bien mieux, il pourrait désormais dans les cours conter aimablement l'aventure aux souveraines, ses ordinaires voisines de table, et affirmer, sans crainte d'être démenti, qu'il avait dégusté le plus prodigieux pot-au-feu qu'on puisse imaginer.

Il demeurait bien dans son âme royale comme une amertume de la leçon qu'il recevait et à laquelle il n'était pas insensible. Tout à coup, par comparaison, dans son souvenir, il comprenait quelle imperfection se dissimulait sous la magnificence apparente du repas qu'il avait, lui, ordonné. Il lui semblait retrouver désagréablement la saveur monotone et sophistiquée des trois sauces banales, distribuées sur chacun des mets de ses services. Il sentait que, tout-puissant, tout riche, toute Altesse royale qu'il fût, l'illustre Dodin-Bouffant, spirituellement, sur le terrain où lui, prince d'Eurasie, l'avait défié, venait de triompher et de lui infliger une amère critique de sa chère grandiloquente. Peut-être bien, en retournant dans sa tête ces considérations, amères à sa vanité, et maintenant qu'on emportait, sur le plat tristement désert le vide de sa gloire, les restes de l'inoubliable chef-d'œuvre, l'auguste invité se fût-il aigri. Il n'en eut pas le temps, saisi brusquement aux narines par un fumet où chantait toute la douceur de la terre, fumet sucré et robuste à la fois, net et pourtant infiniment nuancé, comme la nacre elle-même de cette chair laiteuse d'oignons dont il émanait. Ah ! cette purée ! Le gastronome ne laissait à personne le soin de la préparer. Trente-six heures à l'avance, il choisissait lui-même, un par un, des oignons nouveaux, de même taille, de même couleur, de même saveur. Il les coupait lentement en tranches égales ; puis dans une grande, dans une profonde marmite de terre, il disposait ces tranches, une à une, par couches superposées, et quand il en avait étendu trois, il interposait entre la dernière et la suivante une magnifique épaisseur de beurre fin, très frais. Il n'arrêtait ce minutieux travail qu'à quelques centimètres du bord du récipient. Il versait alors sur sa construction un demi-bol d'excellent consommé et un verre à boire d'une fine champagne vieille, très douce, et surtout pure de toute manipulation sucrée. Puis, sur le tout, il scellait avec du ciment le couvercle de terre de la marmite afin que le parfum demeurât concentré. Et pendant trente-six heures, sur un feu très doux de branches de chêne, l'œuvre cuisait lentement, religieusement, gravement. Les commensaux ordinaires de Dodin connaissaient cette merveille. Mais le prince qui, jusqu'à ce jour, avait considéré comme régal de valetaille ce légume vulgaire et décrié, fut soudain réconcilié à la fois avec ce tubercule et avec le maréchal de Soubise qu'il traitait auparavant, pour avoir baptisé ce plat, de « populacier ».

Au café, aux liqueurs, Son Altesse, affranchie de tout apparat, quelque peu étalée dans un large et vieux fauteuil en mâchonnant un cigare sans élégance mais délicieusement parfumé que Dodin faisait venir de Suisse, se sentait envahie d'une béatitude qui, pour la première fois, lui procurait le ravissement d'être simplement un homme.

Dodin, parfaitement heureux, souriait à demi. Il triomphait. Aux somptuosités culinaires si vaines du prince, il avait répondu par un repas simple, court, bourgeois, mais dont l'art profond avait convaincu de son indignité jusqu'au dispensateur de ce faste superficiel.

Et tandis que, dans la porte ouverte de sa calèche, l'illustre gourmet saluait l'Altesse vaincue, confondue, mais heureuse, l'héritier d'Eurasie, soudain grave, lui dit, en lui tendant la main :

— Je n'aurais accepté de personne que de vous, mon cher hôte, la leçon que je viens de recevoir. Dédommagez mon amour-propre un peu endolori en me livrant en une formule le secret qu'a découvert votre génie. La cuisine… ?

— Est une œuvre de choix qui veut beaucoup d'amour…, répondit simplement Dodin-Bouffant en s'inclinant profondément.

Où Dodin-Bouffant fait une fin

Le « DÎNER DU PRINCE », comme on l'appela dans la ville quand on en connut les détails, fut un des triomphes de la carrière de Dodin-Bouffant. Ses quatre disciples, bien entendu, ne tinrent pas longtemps leur langue. Le soir même, le Café de Saxe savait que la journée avait été glorieuse pour la cité ; trois jours plus tard, la province entière partageait l'orgueil de la Ville et l'on s'entretint de l'événement en maintes auberges depuis les pintes de Genève jusqu'au célèbre *Brochet d'Or* de Lyon. Le héros de cette aventure n'en tirait d'autre fierté que celle d'avoir édifié un chef-d'œuvre *ad majorent gastronomiæ gloriam* et écrit une des belles pages de l'histoire de la table. Dans son âme équitable, Dodin rendait à sa cuisinière l'hommage qui lui était dû et lui attribuait loyalement sa part du succès. La conception, la direction, en grande partie l'exécution du merveilleux repas était son œuvre, mais Adèle Pidou, il se l'avouait à lui-même, avait été l'incomparable auxiliaire de sa pensée.

Adèle Pidou ! Le charme et la torture de l'existence du grand homme ! Sa raison de vivre et l'instrument de son supplice ! On se rappelle que la mort d'Eugénie Chatagne fut suivie pour Dodin, privé désormais de cette grande artiste, d'un défilé de postulantes à la lourde succession. Pendant des jours mornes, Dodin vit défiler des visages d'où toute flamme de génie, toute grande passion étaient absentes, des yeux morts et faits bien plutôt pour suivre sur le cuir boueux des vaches le vol de mouches irisées que pour contempler cette dorure humide qui peu à peu colore la peau des belles volailles grasses, bourrées de beurre et patiemment arrosées. Mais tout à coup, alors que le gastronome désespéré songeait sérieusement à dépouiller la redingote noire du vieux magistrat pour revêtir la blanche parure du cuisinier et à assurer lui-même les soins de son existence et la joie de ses amis, Adèle Pidou, la dernière du défilé, parut dans l'illustre maison. Courte, tassée, la tête ronde et joviale illuminée par deux yeux malins, auréolée d'une écharpe de calicot très propre, mais très usée, elle posa sans façon sur la table à écrire du maître son panier où un canard piaillant saccageait de ses pattes attachées des légumes frais. Puis, sans aucune gêne, elle se carra dans un bon fauteuil.

Oh ! Dodin n'eut pas besoin, pour leur éviter les égarements des tentations, de mettre ses mains dans ses poches ! Les cuisses grasses, le corsage trop garni, le double menton et les cheveux un peu passés de la visiteuse imposaient un invincible respect. Après une longue conversation où son goût ingénu et inconscient, mais sûr, se révéla vite au psychologue, il lui fit selon le rite, mais avec une considération marquée, visiter la salle à manger et la cuisine. L'œil du cordon bleu, avec une singulière lueur d'intérêt et une ardeur évidente, y caressa complaisamment tout le matériel compliqué et ingénieux. Dodin suivait et disséquait ce regard avec émotion. Même, comme un cheval de race bondit quand il a l'espace devant lui ou comme un écrivain frissonne d'impatience en face d'une feuille blanche et d'une plume bien au point, Adèle Pidou ne put se retenir : elle se mit, pour rien, pour le plaisir de les manier, à saisir les manches des poêles et des lèchefrites, les queues des casseroles de cuivre, à caresser les anses et les flancs rebondis des marmites de terre, à tâter les flacons des épices, les boîtes d'ingrédients, à les ouvrir, à les respirer, à examiner le fourneau, à visiter les broches et les poissonnières. Dodin, palpitant d'espérance, la laissait faire. Peut-être enfin… Et sur les chaises du temple, la conversation, plus intime, plus confiante déjà, reprit :

— Oui, fit tout à coup Adèle Pidou, p'têt' ben que c' que j'ons fait l'aut' jour au baptême de not' p'tit Louis aurait distrait m'sieur l' Président. Y'a mon frérot, Jean-Marie, qu'avait braconné un beau poilu, un lièvre tout jeune et déjà ben gros, c' qu'ils appellent un capucin. Pour changer un peu et leur z'y faire un régal, j'ai eu l'idée d' le mariner dans not' marc qu'on distille nous-mêmes, pis d' le désosser légèrement quand il a été ben pris et d' lui-z'y bourrer les estomacs et le ventre avec une espèce de farce que j'avais troussée avec son foie et du cochon et d' la mie d' pain et une espèce de truffe qu'on trouve près de not' grange, vers un chêne, et encore un peu d' confit d' nos dindons qu'on fait pour l'hiver. Et j'ai fait cuire la bête entière avec son ventre rebondi et recousu dans une espèce de machine pleine de bon vin rouge et de bonne crème. Et fallait voir après ces tranches ! C'était point mauvais. P'têt' ben qu'ça aurait amusé m'sieur l'Président. Ça a mis du ben-être dans tout l' banquet.

Inutile d'ajouter qu'Adèle Pidou entra immédiatement au service de Dodin-Bouffant, aux conditions qu'elle fixa elle-même, et que, par une déplorable faiblesse du magistrat, elle devint sans coup férir la maîtresse de sa maison. Dodin vécut désormais, suivant les saisons, dans un rêve ininterrompu d'oiseaux de veau aux farces parfumées, d'invraisemblables gigots dont la peau soulevée révélait des enveloppements prodigieux, de fricassées qui le rattachaient définitivement à la vie, de langues de mouton en papillote, de culottes de bœuf à la Gascogne, de potages à la faubonne, de bouillons de poissons, de canards à la Nivernaise, de grenadins de poularde, de foies gras à l'étouffée d'andouilles de gibier, de crêtes en matelote, de poulets à la Favorite, d'épaules d'agneau à la Dauphine. Il passait des saucissons savoureux aux brodequins de cochons de lait en timbales, il marchait de perches au fricandeau en tourtes de cailleteaux, et de pâtés de pluviers en filets de truites à la Chartreuse. À peine le temps des lapereaux au zéphir et des poussins à la follette était-il terminé, qu'il voyait paraître sur sa table bénie les truffes à la Maréchale, les écrevisses à la broche, les perdreaux au fumet, les cailles à l'impromptu, les alouettes au gratin, les faisans en timbale, le lièvre à la Polonaise, les grives à la Gendarme, et plus tard le sanglier à la daube, les bécasses à la poulette et les bécasseaux au Pontife. Nous ne parlons ni des œufs à la mouillette, à la Bonne amie ou à la Vestale, ni des omelettes à la Servante, aux anchois ou au joli-cœur, ni des tourtes de laitance, ni des anguilles à la Choisi, des brochets à la Mariée, des carpes en redingote, et nous passons sous silence les oignons aux œufs de carpes, les artichauts au vin de Champagne, les cardons à la Saint-Cloud, les nouilles au lard, les champignons à l'étuvée, les épinards en tabatières ainsi que les desserts, massepains, compotes, gaufres, pâtes et biscuits.

Sous cette abondance de délices, sous le charme de ces repas attendrissants dont chacun était une allégresse nouvelle et où jamais, à moins qu'il ne le demandât, le même plat ne passait deux fois sur sa table, accommodé de la même façon, Dodin coula des jours doux et parfumés. Sa vie, bouleversée par la mort de sa fidèle collaboratrice, s'était glorieusement rééquilibrée ; par-delà la mort, Eugénie Chatagne avait tendu à Adèle Pidou le flambeau de la grande tradition. Peut-être – et Dodin méditait souvent sur ces mystères de la destinée – était-ce son esprit libéré qui avait conduit en l'auguste et triomphale cuisine où elle avait si longtemps officié, la femme digne de lui succéder. Parvenu à réaliser la perfection humaine de son art, à se constituer une table également et quotidiennement merveilleuse, le vieux magistrat, l'apôtre de l'œuvre du goût, entrevoyait que son crépuscule serait la radieuse fin d'une belle vie. Désormais, il attendait la mort, qu'il ne souhaitait point, mais qu'il ne redoutait pas, dans cette paix joyeuse et succulente – que tant d'artistes tourmentés et incomplets n'ont jamais connue, assuré de terminer sa longue et laborieuse carrière dans la plénitude de l'effort réalisé, de la perfection atteinte, et dans la joie, toujours nouvelle, de chaque repas. Dodin connaissait enfin toutes les voluptés morales et matérielles que peut dispenser la cuisine quand on lui rend les honneurs qui lui sont dus.

Et pourtant un orage terrible menaçait cette félicité, tant il est vrai que notre condition terrestre est essentiellement instable, qu'il ne faut proclamer nul homme heureux avant sa mort, tant il est vrai aussi que l'orgueil des princes les induit souvent à mépriser les lois élémentaires de la morale et de la pudeur humaines ! Celui d'Eurasie osa envier à Dodin-Bouffant, à son hôte, en la personne d'Adèle Pidou, la bonne ouvrière du merveilleux repas sur le compte duquel il était tout à fait revenu. On vit d'abord son secrétaire intime rôder au marché, s'enquérir. On le revit le lendemain franchir, dans un cabriolet de louage, les portes de la ville, quitter, devant le grenier à sel, cet équipage anonyme, se diriger, d'un pas un peu hésitant, vers le bureau des colis où presque quotidiennement Adèle allait retirer quelque expédition de victuailles. On le vit encore, un autre jour, monter une garde patiente devant la boutique où Foujoullaz débitait de délicates primeurs ; enfin on l'aperçut, la nuit venue, en faction suspecte devant la grille du percepteur, fonctionnaire dont Adèle, son œuvre quotidienne achevée, ne dédaignait pas de fréquenter la vieille cuisinière aux calmes heures de la veillée. Ces mystérieuses démarches durèrent longtemps sans que Dodin en connût autre chose que de vagues rumeurs imprécises, des bruits subtils, sans certitude, des chuchotements inconsistants. Ils ne laissaient pas d'ailleurs de l'inquiéter fort. Vieux magistrat, entraîné à sonder le cœur des hommes, à rapprocher les circonstances pour en découvrir le sens réel, il entrevoyait, sans oser la formuler, la fatale conclusion que l'on pouvait tirer de cette présence obstinée d'un familier du prince aux lieux où il y avait certitude de rencontrer Adèle. Il avait été élevé en un siècle, au surplus, qui ne laissait au cœur des meilleurs Français que des illusions fragiles sur la reconnaissance des grands de ce monde. Dodin commençait à craindre d'avoir trop triomphé de l'héritier d'Eurasie. Il n'osait point confier à Adèle ses angoisses ni s'ouvrir à elle de ses craintes. Elle était, comme tous les vrais artistes, d'humeur fantasque et peu commode, facilement irritable. Il craignait d'elle une scène violente et un scandale qui eût pu, sous le coup d'une colère irrésistible, le priver de son génie. Et puis n'y avait-il point, tout au fond de lui, un reste de pudeur qui le retenait de lui montrer trop clairement à quel point elle était devenue indispensable à son existence, la Souveraine absolue du crépuscule de sa vie ?

Dodin promenait donc son âme tourmentée et inquiète. Parfois son imagination inventait telle éventualité que la raison, hélas ! quand elle reprenait possession de son cerveau, ne lui démontrait pas impossible. Et ce doute condensé en lui-même, tenu secret et qu'il n'osait confier à personne, tant il était épouvanté de le formuler en paroles précises, le dévorait et le mettait parfois en un état de surexcitation réellement douloureuse.

Où Dodin-Bouffant fait une fin

Il sortait, haletant, courbé de chagrin, épongeant son front, pour fuir, pour aller oublier son tourment dans les infâmes vermouths du Café de Saxe. Midi sonnait. Il rentrait la tête basse, le désespoir au cœur. Il se mettait à table et soudain la lividité de la nappe s'auréolait de filets de poularde à la Pompadour ou d'un ragoût de mousserons au chambertin, ou de cailles à la Mayence, ou de pigeons à la Martine qui dissipaient un instant son chagrin comme la douce brise d'un calme soir d'été emporté les dernières fumées âcres des herbes qu'on brûle aux champs. Et l'amour spirituel qu'il avait conçu pour le génie inconscient de cette femme, s'insinuait en lui, l'envahissait, le désarmait. Il lui adressait mentalement des excuses pour avoir douté d'elle ; il arrivait même, en dégustant ces mets absolus et définitifs, exempts de toute erreur, dénués de toute faute, à parer de touchantes illusions son corps massif, de beauté sa figure commune, et à lui jeter furtivement des regards attendris. Dodin-Bouffant était trop averti de l'âme humaine, et trop sceptique sur ses vertus, pour qu'il songeât même à s'indigner des procédés de l'Altesse qui, après avoir été reçue à sa table, songeait à lui ravir le bonheur de ses vieux jours. Cette ingratitude n'était que jeu de prince. À peine, de temps à autre, s'en prenait-il à lui-même de la sottise qu'il avait faite en entrouvrant son sanctuaire à ce royal visiteur ; toute sa pensée et toute sa souffrance étaient réellement concentrées sur l'angoisse de la démission possible de sa collaboratrice, conquise par des promesses dorées, vaincue par la sollicitation de sa vanité, démission qu'il attendait, avec le frisson de la petite mort entre les épaules, chaque fois qu'Adèle poussait la porte, chaque fois qu'il rentrait chez lui, chaque fois qu'il ouvrait les yeux à ces calmes et pures aurores jurassiennes dont il accompagnait les tendres roseurs de lard grillé ou d'œufs en salmis. Sa vie, sous cette menace perpétuelle, se changeait en une torture que n'eût pas inventée le plus raffiné des tourmenteurs illustres, torture qui se compliquait du désir et de la crainte qu'il éprouvait de parler à la grande artiste dont il recevait tant de supplices et tant de joies. Cette hésitation, qu'il résolvait chaque heure contradictoirement, se terminait parfois par une course furtive en ville d'où il rapportait quelque tissu chatoyant, quelque ombrelle précieuse, quelque broche ciselée, humbles présents qui, il le savait bien, ne pourraient point lutter contre les fortunes princières qu'on ne manquerait pas d'offrir à Adèle Pidou le jour où le secrétaire donnerait définitivement l'assaut.

Ne l'avait-il pas déjà donné ? Adèle, il n'y avait point de doute possible, était maintenant préoccupée, parfois rêveuse. Il semblait même que sa simplicité naturelle se nuançât d'un orgueil inaccoutumé. Elle paraissait remuer dans sa grosse tête un problème grave où Dodin devinait l'énigme de son avenir qu'elle cherchait à résoudre. Ses yeux, souvent, regardaient au-delà des murs de sa cuisine et le malheureux gastronome, en suivant leur regard, découvrait au loin les splendeurs flamboyantes d'un palais.

Il se garda bien, par sentiment de sa dignité, de conter ses affreuses amertumes à ses commensaux. Mais ceux-ci percevaient aisément les ravages sur son visage fatigué et vieilli. Ils n'osaient l'interroger, mais, démêlant obscurément que sa cuisinière n'était point étrangère à son tourment, ils craignaient une catastrophe qui les atteindrait, eux aussi.

Dodin fut averti par le patron du Café de Saxe que ses appréhensions étaient trop bien fondées. Ce fut une nouvelle terrible, car, contre toute vraisemblance, il voulait toujours tenir ses craintes pour chimériques. Au crépuscule, l'homme de l'auberge avait vu le cordon bleu traverser la place aux côtés de l'élégant secrétaire. Il parlait avec feu. Elle ne répondait point, mais acquiesçait de la tête. Dodin reçut le coup avec dignité, paya son orgeat au kirsch, impatient d'être seul. En un grand effort il se ressaisir, éprouvant, à sa surprise, presque un soulagement à ne plus se débattre dans l'incertitude. Il prit un parti immédiat. Plutôt que d'attendre qu'on brisât sa vie, il résolut de procéder lui-même à l'affreux sacrifice. Puisque sa bourse était trop modeste pour entrer en concurrence avec celle d'un des princes les plus riches de l'Europe, puisque Adèle avait sacrifié, ou allait sacrifier la gloire à l'orgueil et l'art à l'or, il lui signifierait lui-même, sans attendre son bon plaisir, son congé. Ainsi, il entrerait dignement et volontairement pour y attendre la mort, dans l'obscure renonciation à son œuvre et à sa passion. Il poussa la porte, résolu. Hélas, hérissée et renfrognée, car la conscience du crime qu'elle allait commettre l'aigrissait à l'extrême, Adèle déposa successivement devant sa victime une friture de laitances comme les dieux seuls en doivent déguster et un aspic de tête de veau à la Vieux-Lyon qui fit chavirer le palais du maître, extrêmement

Où Dodin-Bouffant fait une fin

exercé et sensible, dans des abîmes de volupté. Il jeta sur l'infidèle un regard attendri et il sentit bien qu'il était définitivement perdu. Car du fond de son cœur montait, impétueux, un sentiment où se mêlaient, en un chaos redoutable, l'admiration, la reconnaissance, et, pour tant de glorieuses joies, l'amour. L'inconstante créature ne laisserait derrière elle que désastre et ruines, une maison vide, une passion en cendres, un cœur blessé. Quelle vision de néant passa devant les yeux de cet homme lamentable ! Être seul dans ce logis déserté ! Et n'avoir, pour meubler les heures interminables d'abandon, que la perspective désastreuse d'une nourriture gargotière et répugnante ! Le malheureux Dodin, poussé par on ne sait quel dessein, probablement dans l'espoir inconscient d'amadouer celle qui avait déjà un pied sur l'esquif qui devait à jamais l'emporter, se mit à lui faire timidement une cour attendrissante, accueillie d'ailleurs avec hauteur. Définitivement incapable de renoncer de lui-même aux paradis dont, aux trois repas quotidiens, elle lui ouvrait les larges portes, il était pris de tremblements d'angoisse à l'horrible idée que le jour était proche où sa résolution lui serait péremptoirement signifiée et il n'avait plus que le souci quotidien de la retarder. Adèle, à la vérité, vertu farouche et peut-être un peu surprise d'être encore attaquée, daignait parfois être distraitement sensible à cette ferveur dénuée de toute basse polissonnerie, mais elle reprenait vite son air énigmatique, preuve trop évidente qu'elle n'était point convaincue.

La crise était imminente. Tous les signes avant-coureurs l'annonçaient. Elle éclata au premier soir d'hiver. Dodin, comme un malade qui se sait condamné, jouissait avec une hâte presque farouche des dernières allégresses qu'Adèle Pidou voulait bien lui dispenser. Il avait convoqué Beaubois, Trifouille, Rabaz, Magot à un dîner que, seul d'entre eux, il savait être le dernier.

Ce soir-là, Adèle, après un potage de croûtes aux cardons d'Espagne, avait présenté au milieu des cristaux une superbe anguille farcie. Elle avait inventé de faire un godiveau de la chair de la bête, de la battre dans un mortier, d'y incorporer de la crème, de la mie de pain, du persil, de la ciboule, des champignons et des truffes. Elle avait vêtu l'arête dorsale de cette composition, reconstituant la forme primitive et, la panant copieusement, elle l'avait servie après lui avoir donné au four, dans une tourtière, une belle couleur.

Déjà l'émerveillement avait été général. Les convives ensuite avaient sérieusement entamé le pâté chaud à la royale et s'exclamaient dévotement, suivant qu'ils saisissaient un large morceau d'éclanche de mouton ou un filet de perdrix ou une bouchée de bœuf, ou qu'ils ramassaient d'un geste large, parmi le coulis de bécassines, un lard onctueux qui avait récolté dans sa grasse épaisseur l'arôme divin d'une pointe d'ail.

Adèle, redoutant d'apprendre la triste nouvelle à son maître dans l'émotion d'un tête-à-tête où elle eût été seule à supporter un désespoir qu'elle pressentait, considérant d'ailleurs que les quatre gourmets, en tant que prêtres du grand art et disciples consacrés et habituels du chef d'école, avaient le droit d'être informés en même temps que Dodin lui-même, comptant un peu aussi sur la présence de ses amis pour amortir un coup qu'elle savait rude, Adèle avait décidé d'annoncer son départ au cours de ce repas. Elle commença comme elle venait de poser sur la table une cuisse de jeune sanglier en croûte dont elle avait préservé la chair des heurts de la pâte par un délicat hachis de foies de canards marinés à la fine champagne.

Elle était évidemment embarrassée.

— Il faut que je dise à ces messieurs…

Elle ne savait que faire de ses mains.

— Que Monsieur Son Altesse le Prince…

Aux premiers mots, Dodin, blanc, figé, contracté, avait compris.

— Il voudrait bien m'avoir… parce qu'il dit comme ça, qu'aucun d'ses cuisiniers… enfin parce qu'il a été très content du déjeuner…

Dodin eut la force d'esquisser un amer sourire.

— Je ne voulais point quitter M. Dodin… parce que… c'est un honneur de servir un maître comme lui… aussi connaisseur…, aussi fin… et aussi bon, aussi… je dois dire à Monsieur… Et puis, j' sais ben que j'ai beaucoup appris de M'sieur…, il m'a beaucoup enseigné… alors, c'est de l'ingratitude…

Beaubois, Rabaz, Magot et Trifouille avaient compris, à leur tour, et leurs faces, tout à l'heure épanouies par le contentement, avaient soudain revêtu cet air de déception douloureux qu'on voit grimacer aux figures des enfants qui refoulent en vain leurs larmes.

Adèle, qui devait avoir longuement médité son malcommode discours, continuait :

— Mais, voilà… j' suis pus jeune… faut qu' je songe à ma vieillesse… Et quand M'sieur ne sera plus là… qu'est-ce que j' deviendrai ?…

Cette allusion à sa mort n'émut, en de telles circonstances, ni Dodin ni ses amis.

— Et, j' suis pas riche, moi… Alors ma famille m'a conseillé… d'accepter les tant si beaux appointements qu' m'offre… Monsieur Son Altesse le Prince… Pensez voir… soixante écus chaque mois… et puis un intérêt sur les bénéfices du chef… que j' pourrai me retirer à mon aise, dans not' ferme…

Dodin s'était levé, mû par une résolution subite, si brusquement qu'Adèle, effarée, crut qu'il se précipitait sur elle et que ses amis pensèrent qu'il était frappé de démence furieuse. Très pâle, très calme au contraire, il prit la main de la cuisinière et, tout doucement, lui dit :

— Adèle, je voudrais vous parler.

Ils disparurent tous deux dans la cuisine. Un lourd silence envahit la table que Magot troubla seulement pour faire remarquer, après quelques minutes de recueillement angoissé, que la situation ne serait nullement éclaircie du fait que la venaison serait perdue parce que refroidie. Et ils se mirent à manger tristement, laissant tomber de temps à autre quelques paroles émues sur le malheur de Dodin et sur le leur propre. Puis, successivement, ils revinrent au plat.

Une longue demi-heure s'écoula dans le bruit monotone des mastications inquiètes. Enfin la porte de la cuisine s'ouvrit, non sans lenteur, majestueuse. Dodin, rouge cette fois, avec dans le regard une étrange flamme de triomphe et sur son visage un apaisement souverain, parut, tenant par la main Adèle Pidou qui frottait des yeux larmoyants et laissa tomber ces simples mots :

— Madame Dodin-Bouffant, messieurs.

Pauline d'Aizery ou la dame de cuisine

De quoi fut faite la fidélité conjugale de Dodin-Bouffant ? Ni sa jeunesse ni sa maturité n'avaient été chastes, mais ses aventures amoureuses avaient toujours été imprégnées de cet esprit de méthode, de pondération et de discrétion qui attestent que ces égrillardises sans éclat relèvent, non de la fougue passionnée d'une adolescence véhémente, mais simplement d'un goût inné, raisonnable et bien établi pour les femmes. L'homme à femmes, en qui grandit le futur vieux garçon à bonnes fortunes, n'est pas celui qui à vingt ans affiche bruyamment quelques actrices à la mode. C'est celui qui, dans l'ombre et le mystère, additionne, outre le casuel, qu'il ne dédaigne jamais, les dix mois de la petite modiste avec les six semaines de la jeune institutrice, l'année de la gantière et les deux saisons de la femme de chambre. Dodin-Bouffant appartenait à cette deuxième catégorie. Il y avait à travers toute sa vie une chaîne ininterrompue d'amours dont il ne s'était jamais vanté. Il n'eût pas été le grand gastronome que l'on sait s'il n'eût été pourvu de sens impérieux. Tout se tient dans une nature aussi vigoureuse et accusée que la sienne. Cependant, s'il avait souvent fréquenté le cabinet de toilette, domaine de soubrettes fraîches et pimpantes, il n'avait pénétré à l'office que quand il savait y rencontrer des cuisinières jeunes et godelurettes, c'est-à-dire rarement, très rarement ; car, tant qu'elles étaient à l'âge où il eût pu les désirer, il se méfiait de leurs talents professionnels, les dédaignait chez les autres et ne les engageait pas chez lui.

On se rappelle qu'à la mort d'Eugénie Chatagne il sut résister à la tentation que lui fit subir une belle gargotière.

Or, en Adèle Pidou, il avait épousé, dans les circonstances que nous avons relatées, une femme de quarante-six années, courte de taille, mais en revanche fort large, d'une figure assez vulgaire où seul brillait le génie naïf des yeux, sans grâce, sans charme. Et pourtant, c'est un fait qu'il faut constater, il lui était demeuré scrupuleusement fidèle. Ses goûts, quant au féminin, n'avaient guère suivi – en apparence du moins – le développement prodigieux de ses sens gustatifs ; le printemps de sa vieillesse s'était accommodé de l'austérité médiocre et vulgaire du conjugal, contredisant ainsi toute la ligne amoureuse de sa vie. Peut-être, partout ailleurs qu'à table, était-il quelque peu fatigué. Peut-être encore avait-il pris le parti de s'acheminer vers la conclusion de sa belle existence sans en encombrer la péroraison d'incidentes et de complications. Peut-être enfin – il en était capable –, dans le corps sans attraits d'Adèle Pidou respectait-il, vénérait-il le génie singulier qui, d'un coup d'aile, avait enlevé dans un paradis le prince d'Eurasie lui-même, inconsolable d'en être exilé, et qui se dressait de toute sa magnificence infinie et diverse sur ses propres jours. Il y avait un peu de toutes ces nuances dans l'austère fidélité du Maître, mais quelques regrets aussi. On les devinait à le voir s'arrêter quand le rythme d'une jeune démarche élégante frôlait sa route. Un vieux désir piquait ses yeux de lumière aux reflets blonds évadés d'une capeline de printemps, au balancement de formes souples et troublantes. Il regardait longuement s'éloigner l'apparition, la mêlant dans le rêve de son regard à quelque possession imaginaire, et il reprenait son chemin, mélancolique pour un instant.

Un matin de mai, il eut un grand émoi. Il travaillait au rez-de-chaussée, en son bureau, mordillant les barbes de sa plume, cherchant une rime ; il composait une chanson dans le goût galant pour un déjeuner de fiançailles auquel il était prié :

Ruses et ris, ô rose Rosalie
Ne pourront pas vous sauver de l'amour...
C'est un péril d'être jeune et jolie...

Ni le mot « jour », ni le mot « atour » ne s'emmanchaient au bout des vers qui chantaient dans sa pensée. Un des côtés de la fenêtre ouverte l'empêchait, de son fauteuil, de voir la rue. La lumière cendrée envahissait son austère cabinet et poudrait d'un éclat de fête les ors éteints des livres. La blanche et lente poussière des vieilles rues provinciales se glissait discrètement chez lui avec les brises des montagnes voisines et les senteurs agrestes du jardin d'en face. La jeunesse ressuscitée de sa ville printanière, mêlée au goût de ses souvenirs, remuait son vieux cœur et souvent, dédaignant l'inspiration rétive, il renversait sa tête au dossier de son fauteuil, fermait les yeux, et partait vers les matins abolis de ses jeunes conquêtes.

Soudain une pierre, une grosse pierre, vola de la rue dans la chambre, frappant un beau coquemar de cuivre sur une table.

Dodin-Bouffant se leva, marcha à la croisée, prêt à morigéner les polissons qui troublaient de leurs jeux effrontés son entretien avec le Passé. La rue était déserte. Sans doute, leur coup fait, les enfants sacrilèges avaient-ils tourné l'angle de la maison voisine et s'étaient-ils réfugiés sur le boulevard des Orfèvres... Mais ses yeux découvrirent une lettre cachetée qu'on venait de déposer sur le rebord de la fenêtre.

Il flaira le papier bleuâtre, porteur d'un étrange parfum de bonnes herbes séchées, il scruta l'écriture, puis, suprêmement intrigué, résolut de recourir au seul moyen d'élucider le mystère, c'est-à-dire d'ouvrir la lettre. Auparavant, prudemment et devinant bien qu'on ne confie pas à cette poste étrange et incertaine une missive quelconque et innocente, il donna à la porte un tour de clé.

« Maître,
Il y a quelques semaines, vous daignâtes partager le repas de bons amis. J'étais là. Blottie dans votre lumière, j'ai écouté votre génie discourir dans vos paroles. Vous avez éveillé en moi une foi qui s'ignorait. Mon âme, qui cherchait avec maladresse à s'exprimer dans les harmonies d'autres arts, a découvert dans votre verbe une beauté qu'elle ne soupçonnait pas et qui est le mode de créer après lequel elle soupirait. Depuis que je vous ai entendu, Maître, ma vie a pris un autre sens. J'ai chanté les poèmes dont vous m'avez enseigné les rythmes, les couleurs, les lumières. J'ai compris qu'on pouvait raconter son cœur dans les nuances infinies d'un plat médité longuement et réalisé avec ferveur, qu'on pouvait y enfermer ses allégresses et ses mélancolies, ses enthousiasmes et ses lassitudes. Épanouie désormais dans l'inspiration qui me vient de vous, je n'ai plus que le rêve de vous rendre hommage. Veuillez accepter de dîner avec moi le mardi de la prochaine semaine. Libre moi-même par un précoce veuvage, je respecte les scrupules que doit vous suggérer votre propre situation. Nous serons seuls à ma table et dans ma maison. Nul n'y connaîtra votre présence. Je congédierai ce jour-là mon domestique. Votre humble servante aura la joie de vous servir de ses mains. J'habite de l'autre côté de la frontière. Faites-vous mener en poste jusqu'à Dardagny. Ma voiture de campagne, que je conduirai, vous attendra sur la route de Vernier. Je baise avec dévotion les mains de mon Maître.

Sa Prêtresse. »

Dodin plia menu la feuille élégante. Il la glissa dans son gousset, ne pouvant se décider à la déchirer comme le lui conseillait la prudence. Rajeuni de vingt années, il marcha dans son cabinet. Le vieux magistrat, entraîné par une longue expérience et habile à sonder un document, découvrait entre ces lignes un aveu bien différent de la pure vénération artistique qui, d'ailleurs, lui eût déjà apporté une intime satisfaction. Il respirait un air heureux, balancé légèrement entre le plaisir de son amour-propre et l'allégresse d'une aventure possible dont il lui suffisait de savoir qu'il eût pu, s'il l'avait voulu, goûter les ultimes délices. Car le philosophe, avide de paix, terrifié par la perspective de possibles complications, s'étant décidé, sans hésitation et dès la lettre terminée, à ne pas courir le risque des amours illicites qu'il pensait entrevoir, s'offrait le plaisir sans danger de se leurrer lui-même : il rêvait qu'il répondait à cet appel et qu'il allait peut-être goûter, au seuil de sa vieillesse, ces caresses mondaines et délicates, beaux fruits à la peau fardée, que son aurore vigoureuse avait toujours désirés sans y mordre jamais. Il n'irait certes pas à Dardagny, mais il se voyait quand même débarquant à l'entrée du petit village, s'avançant sur la route de Vernier, découvrant au bord d'un champ, derrière un mur, une apparition blonde qui lui offrait à la fois au bord de ses lèvres tendues la passion de sa vocation éveillée et de sa tendresse ardente… À certains moments, son âme se dégageait de son allégresse charnelle et s'abandonnait toute à la fierté d'avoir peut-être éveillé réellement une grande carrière… De l'horizon, au-delà des monts bleutés de brume, lui venait aux narines, par la fenêtre ouverte, un imaginaire enchantement, une odeur crémeuse et muscadée, une senteur de rôt merveilleux.

Plus réel fut l'effluve succulent qui l'accueillit dans le couloir quand il quitta son cabinet. Adèle préparait à la cuisine une daube de poussins rehaussée des dernières morilles noires de la saison. Et son cœur, ce pauvre cœur livré à toutes les vicissitudes de la gourmandise, se fondit immédiatement, oubliant déjà les féeries imaginées, en une joie reconnaissante et en une espérance attendrie.

Il vécut ensuite des jours légers, redressant sa taille, épanouissant son sourire, plus alerte, plus vif, caressé et rajeuni par le cher secret qu'il portait dans son gousset. Il lui semblait que l'inconnue l'avait arrêté par le pan de son habit au bord de la nuit de la vieillesse et l'avait ramené en arrière, en plein jour, en plein soleil. Il parlait maintenant à ses commensaux, à ses « pauvres » amis qui n'avaient pas aux lèvres, eux, le parfum de la chère aventure mystérieuse, d'un air de commisération protectrice.

Mais qui était-elle, cette énigmatique correspondante qui avait ainsi réchauffé à l'improviste les cendres de sa vie ? Il se l'était demandé dès l'instant où il avait achevé de lire sa lettre et s'était, depuis, mille fois posé cette question. Ni la révision des relations qu'il entretenait dans la campagne genevoise, ni le souvenir des jeunes femmes qu'il avait rencontrées récemment dans des maisons amies du Bugey ne parvinrent à l'éclairer. Le mardi venu, il s'en alla jusqu'à l'*Auberge du Soldat-Laboureur*, d'où partait la diligence vers la Suisse. Il espérait vaguement, et contre toute vraisemblance, recueillir un indice qui lui révélerait sa disciple inconnue. Encore en se rendant à la maison de poste, il se dupait délicieusement lui-même : bien décidé qu'il était à ne pas quitter sa paisible demeure pour jouer les Roméo, il s'imaginait qu'il allait monter dans la lourde voiture, suivre la route et connaître auprès d'une élève énamourée les joies supérieures que peut offrir l'abandon d'un jeune corps et les inspirations d'un frais génie. Il espérait même un événement imprévu qui contrarierait sa décision et forcerait sa timidité.

La voiture partie, et quand il devint certain qu'il ne pourrait plus être en temps donné au rendez-vous, sa joie secrète tomba tout à coup. Il lui sembla que quelque chose venait de finir et qu'après une fête longtemps attendue, il allait reprendre le train coutumier et monotone de la vie.

Il vécut dans un état d'esprit assez morne les jours qui suivirent le mardi où il ne s'était rien passé.

Mais soudain, au début de la semaine suivante, il fut assailli à l'improviste par une seconde grande émotion : il venait à peine de s'asseoir à son bureau qu'une lettre, lancée cette fois par la fenêtre ouverte, et de chuter, à la façon d'un boomerang, tomba devant lui. Son cœur battit si violemment qu'il dut attendre une minute avant de l'aller ramasser.

— Je savais qu'elle me récrirait, murmura-t-il, bien qu'il n'eût jamais eu l'idée de se formuler cette hypothèse.

La lettre, ouverte avec des doigts tremblants, n'était que de trois lignes, ce qui le déçut un peu avant qu'il en eût pris connaissance :

« Maître,

« J'ai attendu mardi – et avec quelle angoisse au cœur ! – l'arrivée de la diligence. Installée seule sur le canapé que j'avais disposé pour vous, j'ai goûté tristement aux mets que j'avais préparés avec tant d'amour. Mardi prochain, je vous attendrai comme mardi dernier. »

La prudence de Dodin vacillait. La crainte de compliquer son existence, la terreur de perdre, au cas où elle découvrirait son secret, la jalouse Adèle, l'ennui de cinq heures de poste sur une route chaude et poussiéreuse, tous ces obstacles, comme un corps friable que dissout le courant d'un torrent, se désagrégeaient, s'effritaient à cet appel persévérant de la Dame de cuisine, mystérieuse et passionnée. Au moment où, vaincu, il allait se résoudre, il se raccrocha, du bout de son esprit surexcité, au fait que le jour fixé par l'inconnue était encore le mardi, que le mardi était le lendemain de la présente journée, et qu'il lui était réellement impossible de se préparer à ce voyage, de s'entraîner à l'idée de l'aventure qui l'attendait et d'expliquer son absence à Adèle en si peu de temps. Il poussa un soupir dont il ne savait lui-même s'il venait de ses regrets d'une rupture, probablement définitive cette fois, ou de la satisfaction d'avoir trouvé un prétexte plausible à sa nouvelle défaillance et à sa crainte de s'embarquer. Mais à l'heure où il aurait dû rouler en poste vers le bonheur, il fut harcelé par d'amères réflexions. Point de doute maintenant : ses doigts avaient glissé le long de l'unique cheveu de l'Occasion. Quelle chance, en effet, y avait-il pour que cette femme, gratuitement blessée, s'acharnât à le rendre heureux malgré lui ? Il eût fallu, pour qu'elle réitérât son invitation, qu'elle fût dénuée de toute dignité… ou, ajoutait-il mentalement, sans oser formuler tout à coup cette hypothèse, possédée de cet amour qui domine la pudeur et l'orgueil. Mais à peu près certain que l'Inconnue ne s'exposerait pas une troisième fois au mépris de l'absence, il se promettait bien de ne plus résister à une nouvelle invite.

Dans l'impuissance où il était de découvrir le moindre indice de sa personnalité, malgré des efforts de mémoire et de prodigieux recoupements de circonstances, il se la représentait tantôt grande, souple, blonde, et d'autres fois moyenne de taille, brune et bien en chair. Assurément, sa vieillesse, encore offensive, n'avait guère besoin de stimulant ; mais, quand il l'imaginait entre ses bras, Mme Dodin-Bouffant ne pouvait pas deviner à quel prodigieux roman elle devait une répétition d'hommages qui n'était plus, depuis longtemps, ni de l'âge ni de l'habitude de son mari. Il est vrai que Dodin-Bouffant se plaisait encore – et très souvent – à évoquer l'Inconnue purement, en prêtresse de la muse Gastéra, offrant à ses narines palpitantes l'encens d'une cuisine de gloire.

Au fond de lui-même, le gastronome éprouvait de sa fidélité conjugale de singulières hontes intimes. Imbu encore de l'esprit d'un siècle où l'on ne se piquait guère de ce genre de scrupule, il finissait par prêter à sa constance une vulgarité de basse roture et une naïveté un peu stupide. Comme ses commensaux et amis se gausseraient de lui s'ils connaissaient sa désertion ! Quels rires un peu apitoyés s'ils se fussent doutés que Dodin-Bouffant, le grand Dodin-Bouffant, le poète de l'épicurisme, le maître de la divine sensualité, avait repoussé à la fois une fille qui s'offrait et un régal auquel on l'invitait ! N'avait-il pas refusé là le dernier présent de l'existence ? La vie, qui lui avait été clémente, n'avait-elle pas voulu qu'il entrât dans la pleine vieillesse portant au cœur le souvenir de cet ultime amour qu'il n'avait pas su cueillir ? N'avait-elle pas fait croître, pour parfumer l'imminente décrépitude, ce suprême fruit en son automne, belle pomme saine et d'or rose qu'elle lui avait tendu à son crépuscule comme Ève la tendit à l'Homme à l'aurore du Monde ?...

Le vendredi, à onze heures du matin, comme il arrivait le premier au rendez-vous quotidien du Café de Saxe, Mme Hermine, la patronne, vint lui remettre une lettre qu'un conducteur de fûts avait déposée au comptoir, à son adresse. En jetant les yeux sur l'enveloppe, Dodin passa en une seconde par toutes les couleurs vertes, blanches, rouges des liqueurs et sirops qui auréolaient le comptoir. Il avait reconnu « l'écriture »...

Il était seul. Trifouille et Beaubois n'étaient point encore là, Rabaz et Magot traversaient lentement la place en s'arrêtant à chaque pas pour mieux secouer les boutons réciproques de leurs mutuelles redingotes. Dodin-Bouffant avait le temps de jeter un coup d'œil sur la missive. Il la parcourut des yeux en la dissimulant presque sous la table :

« Maître,

Mardi, je vous attendrai toujours... J'ai mis mariner dans un marc ancestral deux canetons pour une tourte farcie et je médite une anguille à la poulette. Il y aura des roses partout et j'aurai pour vous une robe d'organdi à fleurs… »

Dodin fourra la lettre dans sa poche. Ses deux amis entraient au café. Rabaz et Magot remarquèrent aisément ses distractions au cours de cet « apéritif » coutumier. Il ne prit presque point part à la conversation sinon pour l'aiguiller vers des sujets voisins de celui qui occupait son cœur. Il était perdu dans un rêve et ne prêtait même aucune attention à ce « vin des Îles » qui pourtant quotidiennement lui arrachait des exclamations admiratives. Seulement Trifouille ayant tourné en ridicule certaines passions séniles pour des jeunes filles et Rabaz ayant félicité la vieillesse d'être l'heureux âge où l'on s'est enfin libéré des soucis de la chair, Dodin s'emporta et défendit un cas qu'il était seul à connaître en le plaçant dans une théorie générale de la beauté, de l'expérience et du sérieux de cœur que seul un homme d'âge peut apporter à l'amour.

Dans le balancement un peu désordonné de la conversation, peu à peu sa résolution se formait. Pour la mieux laisser éclore, il éprouva le besoin d'être seul et s'en alla, sous un prétexte qui surprit un peu ses amis, vers le Mail. Il marcha lentement, à l'ombre de la double rangée de tilleuls, son chapeau à la main, les yeux remplis de vague. À la vérité, depuis qu'il avait le loisir de réfléchir, un tel tumulte de pensées s'entrechoquaient dans sa cervelle que, désespérant d'y mettre de l'ordre et cessant tout effort pour les coordonner, il s'abandonnait à leur confusion. Une seule lumière se levait sur cette mer de brouillards qu'il ne cherchait plus à percer : cette fois, il irait… Il le sentait, il le comprenait, il le voulait. Pourquoi se décidait-il après avoir résisté ? Parce que le métal du devoir ne peut braver longtemps le souffle embrasé d'une passion ; parce que l'amour véhément qui se trahissait dans l'insistance de l'Inconnue chantait comme une sirène autour de son orgueil ; parce que les mots ont une vertu magique et parce que de tendres missives avaient lentement réveillé au fond de lui une jeunesse de cœur qu'il ne soupçonnait pas ; parce que sur son âme avait passé un petit frisson, aussi léger que les brises qui font frisotter l'épiderme d'un ruisseau ; parce qu'une tourte de canetons et une anguille à la poulette sont des tentations auxquelles ne résiste pas un palais capable d'en imaginer à l'avance les saveurs ; parce qu'il avait conçu enfin, au temps où il ne songeait pas à répondre aux invites et par pure spéculation, un plan qui écartait de cette fugue tout danger de soupçons conjugaux… Oui, sa femme… il pensait, tout à coup, qu'il fallait l'avertir de ce voyage en se rappelant les excellents prétextes par lesquels il allait l'expliquer. Mais le Maître, en brave homme qu'il était, pratiquait assez mal le mensonge et il avait hâte d'être débarrassé de son fallacieux commentaire. D'ailleurs l'heure du repas de midi était proche et il comptait sur un pâté de truites. Il prit donc, en pressant le pas, le chemin de sa maison.

En le dégustant, ce pâté, il fut sur le point de renoncer à son criminel dessein. Adèle l'avait préparé en personne et sa perfection mit les larmes aux yeux du gastronome. Comment le lardage de truffes et d'anchois s'était-il à demi fondu dans la chair rosée de la bête, comment la blonde croûte s'était-elle imbibée de ses sucs et lui avait-elle communiqué son onctuosité ?… Il fallait tout l'art prestigieux d'Adèle pour avoir réalisé de tels miracles. Tromper une pareille artiste ! Trahir cet être d'élite et dont les mains dispensaient tant de bonheur !

Dodin faillit abandonner son projet. Mais il se trouva que les fricandeaux de poularde qui suivirent cette belle entrée, encore qu'ils eussent plongé en extase un gourmet moins raffiné que Dodin, n'étaient pas tout à fait en leur point. Ils avaient été émus immédiatement par un trop grand feu, ensuite le jus n'avait pas été suffisamment attaché. Dodin fut ramené à une conception plus perfide et peut-être plus juste des choses.

Comme on lui apportait un septmoncel dont la lividité terreuse était exactement, comme il se devait, marbrée de crevasses verdâtres, fromage qu'il adorait, il annonça négligemment à sa femme :

— J'irai mardi à Genève par la poste de neuf heures… Mardi prochain. J'ai quelque inquiétude sur certaines valeurs de mines suisses…

L'argument était irrésistible aux yeux d'Adèle qui devait à son origine paysanne un sens très précis de l'argent. Et parce que Dodin devait en même temps expliquer pourquoi ce déplacement financier exigerait qu'il endossât une tenue de gala, il ajouta :

— Mon banquier m'a d'ailleurs invité à déjeuner… Oh ! je n'en suis pas très réjoui. Je n'aime pas les réceptions chez ces messieurs de la finance genevoise qui s'imaginent toujours vous faire une grâce insigne…

  Au haut de la côte, Dardagny est en vue, petite mare de toits bruns dans la plaine verte, au milieu de l'armée immobile des vignes qui ne présentent encore que leurs échalas. Déjà Dodin-Bouffant voit émerger du moutonnement de quelques grands arbres le château qu'il connaît bien, la porte en double pilastre, le beau balcon forgé et les lourdes tours. Son regard erre, un peu vague, du coteau de Challex au crêt d'Oz, s'étale sur le Vuache et le mont de Sion, et revient obstinément chercher le ravin qui borde la route de Saint-Jean-de-Gonville. Ce n'est pas sur cette route que l'Inconnue doit l'attendre, mais comme c'est la seule route qu'il puisse encore découvrir, son espérance s'accroche éperdument à elle. Son cœur bat à se rompre. Il se morigène mentalement, honteux et ravi en même temps de se surprendre, à son âge, ému comme Chérubin. Durant sa longue vie provinciale il a suivi un nombre incalculable de fois cette route par laquelle on passe nécessairement quand on sort de la Ville vers le nord-est. Pour la première fois, il ne suppute ni la qualité des truites rapides de la London qui coule sous ses yeux, ni l'état du vignoble qui, au-delà du ruisseau, escalade la côte de Peicy à Russin. Qui est-elle, celle qui l'attend au terme de son chemin ? Comment va-t-elle lui apparaître ? La destinée jusqu'au bout lui aura été clémente en parant de l'émotion du mystère sa dernière et sa plus belle aventure. Sa vieille expérience et sa finesse se réjouissent que la prolongation du roman lui ait permis d'imaginer, pendant assez longtemps, les grâces de l'Inconnue qui l'a appelé pour que la réalité ne puisse plus décevoir le rêve. Il tente ainsi d'étouffer sous la philosophie de son âge le malaise qui s'accuse à mesure que la patache approche de son rendez-vous. Il doit s'avouer bientôt que son cœur palpitant n'est pas seul intéressé à l'affaire. Il faut bien le dire, une vague angoisse, tant il est ému, le tient aux entrailles.

  Dardagny ! Déjà ! Il descend non sans peine. Il n'est plus bien de ce monde. Où est la route de Vernier qu'il connaît pourtant ? Sans les voir, il passe devant les courtes terrasses du château et les Chambres de marronniers. Au loin les Alpes s'étalent en une douce ligne bleue que perce, comme des coups de boutoir vers le ciel, le fantôme estompé des dents d'Oche. Le village est long. Il le parcourt, essoufflé ; il envie les vignerons insoucieux qui boivent devant les auberges sans connaître les angoisses du Plaisir qui vous a convié. Il se reconnaît enfin. À la dernière maison, il tourne à gauche : la route – et c'est bien celle de Vernier, pourtant – est vide, de ce vide lumineux et poussiéreux du proche été.

Il s'arrête pour soupirer d'aise. Personne. Quelle délivrance ! Il est venu. Il a agi virilement. Mais l'aventure est désormais finie puisque l'Inconnue n'est pas au rendez-vous qu'elle a assigné. Il passe dans son esprit le soupçon d'une plaisanterie. Les farceurs en seront pour leurs frais : ils n'auront réussi qu'à lui procurer une délicieuse journée. Il reprendra la patache du Jura qui passe à onze heures et il aura le temps de se faire fricasser à Choully une de ces volailles comme seule la mère Niclet sait en trousser. Et de quel vin de Satigny, frais et souple, va-t-il s'abreuver !

Délivré promptement de son souci d'amour, il commence à découvrir le charme de cette belle plaine ondulée qui, de vignes en villages et de bois en ravins, s'en va jusqu'au Jura, jusqu'au Salève grave et hautain, et qu'illumine la grande lumière humide du Léman invisible.

Il marche maintenant à petits pas, sans hâte.

Il retrouve sa vieille et fidèle amie : la flânerie. À sa droite, un champ de trèfle incarnat fait une tache de la couleur de ces morgons transparents, brûlés, vineux. À sa gauche, il suit le mur moussu d'un parc qui, quelques pas plus loin, s'arrête net, coupé par une petite piste qui le sépare d'un océan balancé de blés nouveaux.

Arrivé presque au bout du mur, Dodin s'arrête brusquement, les narines ouvertes, les yeux en lune, les sourcils arqués, toute la figure arrondie par une stupeur soudaine. Sa main levée pour essuyer son front est demeurée figée ; seule, la proéminence de son abdomen a, entre les deux envergures de sa redingote ouverte, les petits tressautements que lui communique son cœur. Derrière l'angle du mur, dans un fouillis de feuilles, vient de sortir un bout de nez, un œil, une mèche blonde, et cette moitié de profil examine la route. Et bientôt, voilà que suit une adorable tête qu'auréole une folie de vagues d'or, un jeune corps cambré, bombé, ondulant, dont le bras, tiré en arrière, conduit un gracieux cheval attelé à un stanhope bleu pâle. Deux yeux brillants et rieurs, une bouche impayable éclairent tout à coup une situation un peu difficile en imitant exactement la stupeur arrondie du gastronome. Une petite main va cueillir en l'air sa main pétrifiée et l'entraîne vers le stanhope qui s'est rangé à côté de lui, et le voilà pressé sur le siège étroit de la voiture, mais, là, réellement pressé contre le corps le plus frémissant que gourmet puisse rêver !

Il s'était rappelé le visage aussitôt qu'il l'avait vu émerger du mur. Maintenant en l'examinant à la dérobée, car il n'osait pas tourner franchement la tête de son côté, il retrouvait le décor, le cadre dans lesquels il l'avait un jour connu. Il se voyait, récemment, dans une confortable maison de Bossey, chez de vieux amis, s'inclinant devant une jeune veuve, Mme Pauline d'Aizery. À son souvenir, car sa mémoire était éminemment gastronomique, s'associait celui d'une daube de marcassin… Bien en train, il avait, ce jour-là, lyriquement disserté sur les règles impérieuses de la cuisson du gibier, sur la charmante puissance de son fumet, sur les sucs de ses chairs qui rejoignent par quelque côté le coup d'aile des vins de Bourgogne. Il était en forme, il se souvenait d'avoir trouvé d'heureuses et poétiques expressions ; il avait bien remarqué – ce qu'il avait rapidement oublié depuis – que Mme Pauline d'Aizery suivait sa conférence avec une attention passionnée, soulevée de terre, pour ainsi dire, et il se rappelait ses adorables yeux enfantins envahis par des lueurs métaphysiques.

Le cheval montait au pas la côte de Russin. De propices cahots heurtaient leurs genoux et jetaient leurs corps l'un contre l'autre, sans que Pauline cherchât le moins du monde à atténuer leurs effets. L'un d'eux fit que ses cheveux effleurèrent la joue du bienheureux gastronome. Mais l'anxiété de Dodin était grande. Comment se comporter en pareil cas ? Le Maître avait jusque-là poussé ses conquêtes exclusivement dans un milieu où les femmes – bien que leur honneur vaille celui des femmes du monde – estiment pourtant qu'il est inutile de le défendre avec trop de manières pour en arriver toujours, mais un peu plus tard, au même geste éternel. S'il eût été côte à côte avec telle modiste, telle bourgeoise, telle soubrette ou telle maîtresse à danser auxquelles il pensait, il eût passé son bras autour de leur taille et, peu après, déposé un premier baiser sur leurs cheveux, derrière l'oreille. Mais comment Mme Pauline d'Aizery, si engageante qu'elle fût, accueillerait-elle cette manifestation d'amour à la hussarde ? Il devait y avoir un rite pour cueillir les fruits de sa classe. Lequel ? Et d'autre part si, comme ses lettres lui laissaient le droit de le penser, Mme d'Aizery était décidée à l'avance aux plus précises extrémités, quelle opinion allait-elle avoir de sa naïveté et quelle surprise de sa réserve ? L'honnête Dodin-Bouffant, plus expert aux choses de la table qu'à découvrir le cœur des femmes, ne se doutait pas que Pauline d'Aizery avait déjà percé son embarras, bien plus, qu'elle l'avait prévu, et, aventureuse comme elle l'était, libre et sensuelle, que son admiration sentimentale avait été aguichée par l'amusement nouveau de conquérir « un homme illustre ». Elle pressentait en lui une gourmandise qui, convenablement traitée, était capable de s'appliquer à d'autres objets que ceux de la table et à d'autres sens que ceux de la bouche. Avoir près de soi, à soi, contre soi Dodin-Bouffant, connu de la France entière et de l'Europe depuis la spirituelle aventure du prince d'Eurasie ! Cette passion gastronomique était plus neuve assurément que le roucoulement des Parisiennes aux livres à la mode des poètes éplorés.

Mais une crainte la saisit : encore fallait-il que Dodin demeurât complètement, éperdument gastronome, que le trouble amoureux auquel elle prétendait le soumettre ne le ramenât pas aux proportions réduites d'un simple mortel. Si Musset eût été assis à côté d'elle au lieu du Maître incontesté de la Cuisine, elle n'eût pas souffert qu'il lui parlât autrement qu'en alexandrins.

Elle fut bientôt rassurée. Dodin-Bouffant, qui s'était décidé, pendant un long silence, à accentuer, sans en avoir l'air, et à tout hasard, les frictions délicieuses des cahots, Dodin-Bouffant se recula tout à coup, le visage contracté, bouleversé par une angoisse soudaine. Une idée lui avait traversé l'esprit.

— Madame, dit-il haletant, vous m'avez annoncé dans votre première lettre que vous licencieriez tout votre domestique, que nous serions seuls chez vous…

— Oui, eh bien ?

— Mais qui donc, en ce moment, surveille votre brochet et scrute d'un œil ardent la cuisson de vos canards ? Tout va brûler ou du moins cuire à trop grand feu !

Une sorte d'exaltation, d'allégresse descendit du ciel sur la jeune femme. Elle retrouvait tout le Dodin-Bouffant qu'elle aimait pour l'avoir entrevu et celui, plus légendaire mais presque aussi réel, que son imagination tandis qu'elle l'attendait, préparant des repas qu'il ne venait point manger, avait paré de couleurs et de dorures d'idole.

— Rassurez-vous, ô grand homme. Je travaille pour vous depuis cinq heures ce matin, comme mardi dernier, comme le mardi auparavant, et celle à qui j'ai confié pendant une heure la surveillance de mon œuvre – et qui disparaîtra quand elle entendra dans la cour le grelot de mon cheval – est digne de la mijoter. Nous serons seuls, comme je vous l'ai annoncé, et le brochet ne sera point desséché ni les canetons brûlés.

Quand le stanhope pénétra dans le jardin de la villa de Mme d'Aizery, leurs affaires étaient assez avancées. La sensualité audacieuse de la jeune femme s'excitait délicieusement à la sensualité timide de Dodin-Bouffant. Elle le sentait ardent, mais embarrassé ; le feu qu'il couvait n'arrivait pas à percer sous les cendres de son inexpérience. Elle goûtait pleinement le plaisir qu'elle avait escompté, elle, femme, de conquérir son grand homme.

Le portail de la villa n'affichait point de nom. Mais le fronton présentait aux hôtes et aux voyageurs de la route ces vers d'Horace :

QU'EST-CE, ENFIN, CE GRAND INCONNU

QUE LES SAGES APPELLENT LE BIEN,

LE SOUVERAIN BIEN PAR EXCELLENCE ?

L'état d'âme, la conception morale révélée dans cette devise sceptique et peut-être épicurienne, n'échappa point à Dodin-Bouffant, connaisseur en vieux auteurs. Sa finesse se réveillait à mesure qu'il s'accoutumait à sa situation paradoxale ; il se rassurait en comprenant qu'il n'aurait point à entreprendre une tâche hors de son expérience et que, par un caprice singulier, mais bien commode, de sa blonde hôtesse, il n'avait qu'à attendre, en recevant des hommages, le moment où il déciderait de s'abandonner.

Le stanhope grinçait de ses hautes roues sur du gravier blanc. Du siège élevé, il semblait à Dodin-Bouffant qu'il naviguait sur un océan de roses : rouges, jaunes, blanches, elles balançaient leurs boules de couleurs charnues sur les bouquets de leur tendre verdure ; pompons incarnats ou crémeux, elles grimpaient en bousculades à des arceaux de bois peint ; incohérentes et sauvages, elles éclataient en gerbes d'églantiers ; tendrement teintées, elles retombaient comme des eaux rosées, en cascatelles ; pourpres, elles flambaient, livides, elles s'alanguissaient, ocres, elles semblaient ciselées dans de l'ambre sanglant. Dodin, bercé par un trouble excitant, les respirait dans l'air et laissait à travers ses paupières mi-closes la fantasmagorie de leurs taches multicolores bercer sa vue lointaine.

La villa était bâtie de mollasse verdâtre de Meillerie, dans le style confortable et massif des maisons de campagne genevoises. L'intérieur en était aimable, mais d'une féminité très spéciale, dédaigneuse des mièvreries, imprégnée du souci d'un sensualisme profond plus que des vanités d'impressions superficielles. Tous les sièges conviaient aux poses abandonnées ; les teintes enveloppaient plus qu'elles ne plaisaient. Le petit salon, dans lequel Pauline installa son hôte, fit passer en lui un sentiment de doux mystère. Le jaune tendre – couleur de certains pétales de la roseraie – y dominait dans de vastes tentures flottantes qui dissimulaient les murs, les angles, les portes et enlevaient toute forme précise à la pièce. Les sièges, longs, larges, meublés de matelas de plume, attiraient, prêts à saisir leur hôte dans leur consistance molle. Sur l'eau de deux coupes, noires et cuivrées, s'ouvraient, comme des yeux plats, de larges feuilles rousses. Et Dodin se sentait envahi par un parfum insinuant, frais et poivré, qui flottait partout. La fenêtre, dominant la plaine du Rhône, s'ouvrait sur du vide et du ciel. Elle n'encadrait qu'une mince bande d'eau de la rive gauche du fleuve, au-delà une lèvre crayeuse de falaise et, plus loin, un bouquet de verdure autour des ailes du moulin de la Ratte et les toits d'Aire-la-Ville. Dodin, loin, bien loin des vieux meubles ancestraux de son antique demeure, aux lignes précises, au bois poli, se laissait aller au courant d'un rêve. Adèle, Beaubois, Trifouille, le Café de Saxe… tout cela était maintenant brumeux, estompé, dans un autre pays, dans une autre planète, inexistant.

— Je vous laisse en tête à tête avec ceci et je vais m'occuper de votre bonheur à la cuisine, lui murmura tout bas, et non sans presser sa poitrine contre son épaule, la jeune femme.

Et elle désignait sur un guéridon deux verres et une bouteille. Dodin-Bouffant, s'arrachant aux langueurs de ses impressions, reconnut immédiatement un excellent vin de Portugal, un Ervedosa des vignes de Mesdames Conceicões, qui mêla dans sa bouche son parfum de mâle douceur à celui du baiser que Pauline, en le quit-

Pauline d'Aizery ou la dame de cuisine

tant, lui avait laissé prendre.

Il se mit à examiner le décor de la défaillance de son serment conjugal, car Adèle ne reprenait dans son esprit quelque consistance réelle que quand il constatait, à maintes espérances, qu'il l'allait probablement tromper. À la vérité – et bien que la qualité du vin protestât contre cette opinion – le salon où il était lui parut plutôt le cadre de l'amour que d'une grande gastronomie : il est bien rare qu'un boudoir trop galant annonce une salle à manger sérieusement conçue. Mais, quoiqu'il en eût quelques remords, il était sur le point de trahir pour une fois, avec Adèle elle-même, la gastronomie qu'elle représentait. Que la table fût seulement correcte – car il ne transigeait pas, même sous les prétextes les plus pressants, et exigeait un certain minimum de tenue – et il était prêt à consacrer sans arrière-pensée aux ivresses de la chair ce jour d'Aphrodite.

Il maniait un miroir à main, une boîte à bonbons, une écharpe de mousseline, épars sur des tables, au dossier d'un tête-à-tête, et il dégustait, tant Mme d'Aizery y avait inclus les reflets de sa beauté et comme les vibrations de son charme, ces hors-d'œuvre de la volupté. Évidemment, la délicieuse jeune femme à la mode qu'elle était, n'avait pas pu consacrer autre chose que ses bonnes intentions, et sans doute un indiscutable instinct de la dégustation, au grand art de la gastronomie. Celui-ci exigeait des méditations qu'elle ne devait pas avoir le goût de poursuivre, une expérience qu'elle n'avait pas eu le temps d'acquérir, un génie qui s'accordait mal avec celui de la fanfreluche. Dodin-Bouffant, emporté hors de lui-même, grisé d'une jeunesse illusoire, rassasié des espérances de plaisir, se résignait, lui qui n'avait pu, sans montrer son indignation, accepter le festin de l'héritier d'Eurasie. Les circonstances exceptionnelles et gracieuses lui avaient fait un état d'âme plus aisément qu'il ne l'eût lui-même pensé.

Pauline d'Aizery entrouvrit la porte et passa, comme tout à l'heure, à l'angle du mur, une petite tête qui vint à point préciser tous les songes voluptueux du gastronome. Fort du baiser récent et très galamment, il prit son verre dans sa main droite quand elle s'approcha du vin portugais et risqua, sans qu'elle s'en montrât offusquée, son bras gauche autour des belles épaules pourtant à moitié nues dans un décolletage estival. Et il fit boire à petits coups son aimable amie.

— À table, maintenant, lui cria-t-elle dans une joie rieuse. Et je vais vous servir moi-même, puisque nous sommes seuls.

La salle à manger était plus grave qu'il ne l'avait imaginée : boisée d'acajou, elle était décorée, d'une manière sobre et noble, d'attributs gastronomiques peints ou sculptés en plein bois. Plusieurs belles bouteilles sur un dressoir accueillaient le convive du sourire de leur transparence lumineuse. Il remarqua immédiatement que la table, robuste, spacieuse, grande, était poussée contre un large divan de grosse toile lie-de-vin, capitonné et piqué comme un matelas, seul siège de la pièce. Leurs deux places étaient marquées côte à côte par des amoncellements de coussins en face de couverts imposants et de verres rassurants tout au moins par la dimension et le nombre. Sur cette table, un énorme saucisson pas très long, mais aussi haut que long, bosselé dans une peau transparente et juteuse, fumait. Pauline y enfonça une fourchette qui fit gicler une graisse odorante et parfumée dont la robuste senteur étouffa jusqu'au parfum lointain de trois roses posées sur le bord du buffet.

Redevenu sérieux, car décidément rien ne pouvait prévaloir contre la haute importance d'un repas, Dodin goûta la chair rose et en éprouva une surprise : malgré ses efforts il n'y reconnaissait aucun des éléments des charcuteries ordinaires. Après un visible effort, son visage soudain s'illumina d'une béatitude grave. Il était arrivé à démêler le goût de plusieurs viandes inattendues, d'herbes rares, d'épices ardentes mêlées à de lointains rappels de crème et de vin, lui semblait-il, bien qu'il fût étonné de l'innovation. Il posa sa fourchette. Mais avant qu'il eût entrepris d'exprimer ses sentiments admiratifs, Pauline, qui remplissait un de ses verres, lui dit :

— Vous verrez comme ce Vaumorillon un peu corsé accompagne bien ce hors-d'œuvre.

Et elle vint, non s'asseoir, mais se blottir contre lui. Il l'inonda d'un regard si ému qu'il n'eut pas besoin de formuler des paroles. Elle murmura, comme si elle venait de se donner déjà :

— Vous êtes content ?

Étant contre elle, il laissa seulement, pour lui répondre, tomber sa tête contre son épaule. Comme si elle était tendrement lasse, elle inclina son front et vint le caresser de ses cheveux. Puis elle le releva doucement :

— Maître, fit-elle, d'une voix sérieuse, il est temps d'aller chercher l'anguille ; une minute de trop…

L'argument était irrésistible :

— Allez, Pauline, fit Dodin-Bouffant, risquant pour la première fois son prénom.

Ce fut un pur enchantement. Le poisson, pêché dans un flot courant, était gras à point et d'une belle chair blanche, tout imprégné d'un goût d'herbes sauvages et d'eau limpide ; mais il n'attestait encore que la sûreté du choix de la bonne hôtesse. Ce qui révélait tout son génie, c'était la sauce. Pas une faute n'en troublait la pure harmonie. Le palais exercé du gastronome y découvrait avec attendrissement les nuances les plus fines fondues dans un impressionnant et voluptueux ensemble. Ayant dégusté lentement, dans le silence des grands recueillements, il posa sa fourchette et caressa Mme d'Aizery de son regard mouillé d'un élan d'émotion. Il balbutia, après l'aveu muet et prolongé de son enthousiasme, suffoqué par l'aurore de ce génie insoupçonné :

— Pauline… Pauline… Comment êtes-vous arrivée ?…

— Pour vous, j'ai pris beaucoup de peine… Et quand on sent un art profondément… C'est vous qui m'avez inspirée !

— Oui, mais pas une faute, pas une seule… Comment avez-vous atteint cette gamme impeccable de goûts perlés ?…

— J'ai choisi longuement et scrupuleusement mes ingrédients, dit-elle, animée par la joie de son triomphe. Ainsi, pour constituer un bouillon de cuisson, j'ai éprouvé plus de cinq vins blancs ; j'ai fini par arrêter mon choix sur un lorrain, un vin de Dornot, peu connu hors du pays, mais dont la saveur vaporeuse et terreuse est bien faite pour caresser la chair de l'anguille. Mon beurre !… Ai-je eu du mal à le trouver, demi-gras comme je le voulais, mais venant de vaches nourries de trèfles ! Et mes vingt petits oignons !… On s'imagine qu'on peut mettre n'importe quelle race d'oignons dans n'importe quel plat !…

Elle avait parlé fiévreusement, retrouvant le feu de l'inspiration, tandis que Dodin, la bouche pleine, concentrait toute son attention et toutes ses facultés gustatives pour suivre et vérifier les explications de Pauline qui l'entraînaient dans un monde de raffinements que même lui, Dodin-Bouffant, n'avait pas complètement exploré. Il était vraiment beau à contempler et eût troublé, par sa majesté voluptueuse, jusqu'à une femme qui n'eût été amoureuse ni de lui ni de sa gloire. Illuminé par l'émotion et la surprise – car il découvrait une géniale maîtrise quand il n'espérait qu'un agréable talent d'amateur –, le noble épicurisme de ses traits éclatait plus ardemment : la passion de ses yeux les creusait d'une noire lumière, le gonflement sensuel de ses narines raffermissait le dessin de son nez, le frémissement de ses lèvres leur communiquait une vie mystérieuse ; les lignes des joues, sous les favoris blancs, et du front, s'arrondissaient en une pure grandeur.

Pauline, encore une fois, le regarda avec une tendresse toute chargée de l'orgueil d'avoir embrasé l'âme de l'illustre gourmet. Fermant à demi les yeux, minaudant, avançant, en un geste enfantin, ses lèvres tout près des siennes, elle murmura :

— Content, toujours ?…

Dodin-Bouffant n'eut qu'à cueillir un baiser ardent qui le dispensa de répondre. Et le doux sucre angevin d'un clos des Buandières parfuma longuement les lentes et profondes caresses de leurs bouches, que leurs gourmandises savouraient. C'étaient deux poètes, simultanément inspirés, et qui ne traduisaient plus que par des gestes leur céleste exaltation.

Les affaires de Dodin-Bouffant avançaient rapidement. Ils en étaient arrivés, sur les routes de l'amour, au point où les mêmes et derniers préliminaires conviennent indistinctement à une marquise et à une chambrière, à une bourgeoise et à une paysanne. On investit la place par vingt stratégies différentes : l'assaut final se donne toujours de la même manière, au pas de course. Il devenait évident que la conclusion approchait et que, dans peu d'instants, le grand homme, comme tout grand homme, aurait enfin son Égérie. Mais, soudain, ils se relevèrent en même temps :

— Et les canetons ! crièrent-ils d'une même voix angoissée.

Pauline se précipita vers la cuisine. Il était temps, mais tout juste. Enfin, rien n'était compromis.

Elle rapporta triomphalement le plat chargé de la belle tourte dorée. Sa marche était rythmée par l'assurance souveraine que lui conférait l'admiration désormais acquise du Maître, par la sûreté

Pauline d'Aizery ou la dame de cuisine

d'elle-même qu'elle en avait tirée et par la certitude d'achever sa victoire.

Avant qu'elle permit d'entamer la croûte rebondie, elle remplit leurs verres – avec quelle sollicitude et quels mouvements attentifs ! – d'un Gevrey, Clos de la Perrière, dont toute la sève moelleuse, toute la finesse, tout l'éclatant bouquet se balançaient dans les transparences chaudes d'une couleur douce et profonde. Puis elle para l'assiette de son hôte de la plus étonnante tourte qu'on pût rêver. Le fumet, captif, sous la pâte, s'élança tout à coup dans la salle, allègre, joyeux, enivrant.

Dodin-Bouffant, étourdi par la perfection complexe de son bonheur, porta à ses lèvres la première bouchée : il avait habilement saisi à la fois un morceau de chair marinée, de la farce et de la croûte. Il allait, en somme, absorber une synthèse.

Ce fut comme un vertige. Il mordait dans de l'absolu. Une griserie monta à son cerveau. Il possédait à plein palais cette réalisation parfaite par où quelques rares œuvres humaines rejoignent l'éternel du divin.

Pauline lut cette dilatation sur son visage inondé d'extase. Elle sentit que du sommet où elle l'avait déjà conduit tout à l'heure, il venait de monter plus haut encore, d'un coup d'aile. Elle-même, épanouie à la fois dans sa gourmandise, dans son orgueil et dans la proche satisfaction de son désir, se coucha sur son amant comme une belle plante s'incline sous les brises tièdes du prime printemps… Mais elle sentit que, doucement, une main la repoussait…

— Ne laissons pas refroidir, mangeons d'abord, je vous dirai tout à l'heure…

Et la tourte fut dégustée dans une gêne mêlée de respectueuse admiration.

Comme Pauline, inquiète et un peu piquée, troublée, mal à l'aise, se levait pour verser du Gevrey et changer le service, Dodin, qui savait avoir le geste autoritaire et solennel, la figea d'un signe :

— Nous avons été, Madame, sur le bord du gouffre. Je ne rougis nullement des hommages pressants que j'ai rendus à votre beauté. Était-il possible que je demeurasse indifférent à votre chair splendide et insensible à votre nature, sœur de la mienne ? Vous avez pressenti, en m'appelant auprès de vous avec une touchante insistance, à laquelle je rends grâce, qu'un même culte passionné de la table procédait d'une même ardeur à sentir, plus complète et plus générale, et qui dépassait les limites de la seule gourmandise : dès l'abord, nous décidâmes tacitement de céder aux conclusions de son inéluctable logique. J'y fus encouragé par les manifestations imprévues de ce que j'appelais à part moi « votre goût », aux premières bouchées de votre mémorable saucisson ; à votre chef-d'œuvre d'anguille surtout, mes scrupules, mes devoirs, mes serments auxquels votre présence seule avait déjà donné un si rude assaut, achevèrent de se consumer… une certitude surgissait de leurs cendres : j'avais trouvé en vous une Adèle Pidou jeune, parfumée, bien née, élégante, l'Inspiratrice enfin que le musicien, le poète cueillent aisément sur leur route, que le gastronome ne rencontre jamais et que ma vie avait rêvée sans espoir de la voir surgir. Vous étiez là !

Pauline d'Aizery, debout devant la table, dans l'attitude même où le discours de Dodin-Bouffant l'avait surprise, sentait le rythme accéléré de son cœur. Le gastronome continua :

— Mais votre tourte aux canetons est arrivée !

Dès la première bouchée, il m'est apparu impérieusement que l'excellence du repas n'était plus le fait d'un heureux amusement favorisé du hasard, mais qu'elle procédait du génie… oui, je dis bien d'un grand génie, c'est-à-dire d'une conception volontaire, d'une inspiration mystérieuse, d'une méthode admirable ! Alors, ayant trouvé mon égale, laissez-moi dire ma supérieure, je n'ai plus le droit de disposer de vous pour mon plaisir ni même pour le vôtre. Je dois bien admettre que vous m'aimez puisque, malgré mon silence, vous m'avez appelé trois fois. Je l'admets d'autant mieux, Madame, que je vous aime aussi depuis votre première lettre. Or, laissez-le dire à un homme auquel vous avez refait un cœur jeune sans effacer sa vieille expérience, le fait de l'amour c'est de s'envenimer comme une plaie quand la possession, ne finit pas par conduire à la plénitude de l'existence commune. Entre nous, est-ce possible ? Ne suis-je pas muré dans ma vie, dans ma reconnaissance pour une compagne qui m'a déjà donné quinze années de dévouement et pas un seul repas manqué ? Ne suis-je pas le prisonnier du cours de mes jours ? Et vous-même, par respect pour notre art, me conseilleriez-vous de rejeter au néant et à la douleur

Pauline d'Aizery ou la dame de cuisine

une bonne femme qui m'a fait bénéficier de son œuvre magnifique et quotidienne toujours égale à elle-même ? Alors ? Je l'avoue à ma honte : si je n'avais rencontré en vous que l'amateur ingénu d'une passade culinaire, j'eusse cédé aux ordres impérieux de mon désir sans me soucier des ressorts que je brisais. C'était mon dessein – infâme, hélas ! – jusqu'à la fin de l'anguille à la poulette. Mais la tourte aux canetons m'a révélé péremptoirement que je n'avais pas le droit de massacrer une âme d'artiste telle que la vôtre. Dans les attentes énervées de nos entrevues rares et difficiles, dans l'impatience d'une existence solitaire qui vous paraîtra d'autant plus vide que vous aurez bien voulu m'y faire parfois une place, dans l'espérance d'événements impossibles, que deviendront votre génie, votre enthousiasme ? Ils se dessécheront, la poussière les envahira, les cendres de la lassitude les étoufferont. Cet art noble, qui touche à toutes les sources de la vie, qui exprime toutes ses nuances et se modèle sur toutes ses vicissitudes, qui escorte et commente les aventures de notre cœur, vous aurez peut-être la folie de ne plus vouloir le célébrer que pour moi, pour moi presque sans trêve absent, autant dire jamais. Et d'ailleurs, comme toutes les hautes créations humaines, la cuisine, la grande cuisine, ne se pratique que dans une allégresse inspiratrice qui vous sera désormais refusée. Quelles œuvres gastronomiques que celles qui ne raconteront plus qu'une âme amère et déçue ! Non, je n'ai pas le droit d'étrangler votre inspiration. Votre aurore éclaire déjà de magnifiques destinées. Mon amour incomplet n'apporterait que des brumes à votre matin. Je n'ai pas le droit, je n'ai pas le droit de tuer une grande Inspirée ! Quel pantin serais-je si, ayant consacré toute une vie à proclamer ma foi, je massacrais sur son autel une Annonciatrice qui surgit ! Avec la ferveur d'un vieil homme qu'une jeune et jolie femme daigne remarquer, j'aurais cueilli l'amour que vous m'offrez si vous n'étiez pas l'artiste que vous êtes.

Dodin vida son verre de Gevrey et s'épongea le front. Dans ce discours, monté en bouillonnant de son cœur jusqu'à ses lèvres, il avait sanctifié une vie de passion et enterré cinquante ans de rêves.

Quant à Pauline d'Aizery, prise à son propre piège, elle sentait que, malgré elle, son dépit s'évaporait à la chaleur de cette grande conviction ingénue. Elle avait souhaité devenir l'amante inspiratrice du grand homme sans calculer les conséquences imprévues des preuves qu'elle allait lui donner de la légitimité de son ambition. Elle avait médité d'assaillir et d'emporter Dodin-Bouffant en sollicitant la complicité de ses sens exaltés ; elle n'avait pas prévu que la sensualité comporte, elle aussi, quand elle s'élance au-dessus d'elle-même, une morale et une pureté. Elle avait contemplé Dodin-Bouffant, gastronome, sur la terre, elle n'avait pas aperçu Dodin-Bouffant, apôtre, dans les étoiles.

La vénération du Maître, cependant, flattait assez l'amour-propre de la jeune femme pour que la fin du déjeuner, quoique voilée d'une réserve compassée, demeurât sans amertume apparente. Dodin dégusta avec tant de componction et en les accompagnant de tant d'éloges sincères les cardons gratinés, les crèmes, les gâteaux, les vins de dessert, que Pauline frémissait d'un orgueil qui la consolait peu à peu de beaucoup de choses : elle avait arraché des cris d'admiration à l'homme illustre que le prince d'Eurasie et son magnifique festin n'avaient pas pu satisfaire !

Elle accompagna son hôte jusqu'à la poste, respectueuse, digne, un peu triste, rassurée pourtant par sa promesse de revenir… et par l'espérance.

Comme la lourde voiture soulevait la poussière à l'entrée de la longue rue du village, Dodin-Bouffant lui prit les mains. Il la regarda avec des yeux où un regret passa, aussi rapide que le miroitement d'une truite à la surface d'un ruisseau :

— Mon enfant, vous m'avez prodigué une des plus merveilleuses chères de mon existence. Mais depuis une heure, je me demande ce que vous aviez bien pu préparer les deux mardis où je ne suis pas venu ?…

La crise

Dodin, pour grand qu'il apparût à ses contemporains et qu'il fût réellement, n'était qu'un homme. Trente années de chère riche et continuellement savoureuse finirent par exercer quelques ravages sur son corps pourtant puissant. C'était une éventualité qu'il avait, depuis longtemps, prévue et envisagée en philosophe, avec une grande sérénité d'âme. Pourtant, quand, au matin du 6 novembre, il fut brusquement éveillé par une douleur aiguë qui le tenait au gros orteil, quand il vit son pied droit enflé, quand il éprouva, outre la lancinante brûlure continue et profonde, les assauts réguliers et plus aigus d'intolérables déchirures, il dut bien s'avouer que le mal dépassait ce qu'il avait imaginé. Mais, prévoyant que des plaintes proportionnées à sa souffrance autoriseraient les plus insupportables considérations de morale bourgeoise sur son hygiène gastronomique, sur ses excès de table, sur le danger des vins généreux et des mets trop riches, il fit assez bonne contenance devant ses visiteurs, étouffant des soupirs et limitant à quelques grimaces l'expression de sa douleur.

Il avait, dès le matin, fait chercher le docteur Bourboude. Il n'accordait pas à Rabaz médecin la même confiance qu'à Rabaz gourmet.

Bourboude n'eut naturellement aucune peine à diagnostiquer une atteinte de goutte.

— Et, ajouta-t-il, celle-ci est légère. Vous en serez vite débarrassé. À vous de décider si vous êtes prêt à en affronter une seconde plus longue et plus violente. Au cas où vous aimeriez mieux l'éviter, il n'y a qu'un moyen : le régime. Convaincu que je suis que vous ne vous soumettrez pas à une hygiène stricte et régulière, je vous abandonne – et encore à vos risques et périls – le dîner du matin. Mais supprimez la viande au souper. C'est la chance qui vous reste de ne pas être pincé plus gravement.

Dodin écoutait le docteur d'un air sérieux et compassé. Les tristesses de l'alternative qui s'ouvrait devant lui arrivaient à étouffer momentanément jusqu'à la torture de la crise. Un régime ! Lui, Dodin-Bouffant, au régime ! Il y avait dans son angoisse non seulement toute l'affreuse réalité de ce mot essentiellement anti-gastronomique, mais encore une sorte de honte, de diminution et de mélancolique ironie.

Il se voyait dans le miroir placé au-dessus de sa cheminée, en face de son lit. Que restait-il du fringant Dodin-Bouffant qui avait pu troubler Pauline d'Aizery ? Comme elle eût été vite guérie si elle avait pu le voir, la chair aveulie par la maladie, les yeux éteints par la souffrance, effondré tout à coup au fond de ses soixante-cinq ans sur les bords desquels il s'était longtemps cramponné ! Et quand elle apprendrait qu'il était au régime !

Pourtant la douleur imposait à son esprit l'ordonnance abhorrée : « Pas de viande le soir. » Ces paroles de Bourboude prenaient en lui, et malgré lui, une autorité qu'il ne déniait plus que faiblement... d'autant qu'à force de les tourner et de retourner dans ses méditations, il arrivait à amoindrir le sens jusqu'au pied de la lettre, à les limiter, à les appauvrir, à les rendre presque inoffensives. Si, moyennant la concession à laquelle son ingénieuse gourmandise avait réduit l'ordonnance du docteur, il échappait à la torture qui le travaillait depuis quarante-huit heures, la vie, en somme, au moyen de ce compromis, serait encore supportable.

La crise, en effet, cessa assez vite, comme l'avait prévu Bourboude.

Dodin, partagé entre le souvenir cuisant d'une douleur qu'il tremblait de sentir reparaître, peut-être accrue, et l'horreur intuitive qu'il éprouvait pour ce mot « régime », s'enferma avec Adèle pour combiner le premier de ces repas sévères et vespéraux prescrits par la Faculté. On lui servit donc, ce soir-là, après longue discussion, une bisque épaisse, bien épicée et bourrée de queues d'écrevisses, des cardons gratinés et les premières truffes, cuites, entourées d'une barde de lard, en papillote, sous de la cendre chaude de bois. Un bon morceau de septmoncel et une tarte aux pommes et à la crème terminaient ce « modeste » repas.

— Pas de viande, répétait-il, Bourboude serait content de moi.

Comme il était plus certain d'avoir exécuté la lettre que l'esprit de la prescription, il employait prudemment un conditionnel qui indiquait assez qu'il n'avait pas l'intention de soumettre cette interprétation du régime à l'approbation de l'homme de l'art.

Et Dodin, avec une sublime lâcheté qu'il essaya d'abord de se dissimuler mais à laquelle il s'habitua vite, s'installa dans son mensonge et l'organisa.

— Viande n'est pas chair, expliqua-t-il à Adèle, et le poisson léger, facile à digérer, ne m'est pas interdit. Je n'en abuserai pourtant pas.

Le régime de Dodin se balança désormais entre des aillolis et des fonds d'artichauts farcis, des triples consommés aux quenelles onctueuses et d'incomparables fricassées d'oignons, des cardons sous toutes les formes et des champignons variés, à tous les accommodements, des truffes abondantes, des gratins au fromage, des fondues épaisses et des croustades de laitance. Les céleris et les endives parés richement, les coulis d'écrevisses, les escargots à la Provençale, les œufs de vanneau à la Barry, les quiches et les ramequins, les omelettes aux pointes d'asperges ou au thon, les œufs à la Bressane, aux anchois ou à la Béarnaise, les macaronis au lard, à la Demidoff ou à la sauce Madère, les pommes de terre en pâte, en galette, à la crème, à la barigoule, les risottos, les salades à la Lorraine, à l'Impératrice, à la Lucifer et au Prince de Galles, les concombres à la poulette, les épinards frits glacés, les aubergines à la Palikare, occupaient dès sept heures la table de Dodin-Bouffant. Il y coula des flots de sauce Bordelaise et Gaillarde, Grand Veneur et Indienne, Mirepoix et Rouennaise, Sainte-Menehould et à la Sultane.

De temps à autre, deux fois la semaine à peu près, le maître, hochant la tête d'un air de collégien qui prépare quelque escapade, murmurait à Adèle :

— Allons, aujourd'hui une petite incartade sans danger…

Et ce soir-là, le potage Saint-Marceau ou Flamand, la crème de cresson ou de parmesan étaient remplacés par une anguille à la broche, une gibelotte de poissons, une perche à la mode du Périgord ou des truites en pâté.

D'ailleurs, quand, dans une farce, son goût découvrait une trace de viande quelconque, il se gardait bien d'interroger, affectant de s'abandonner sans inquiétude à la sévérité d'Adèle et de son aide, lesquelles, à mesure que s'éloignait le souvenir de la crise, multipliaient les infractions, s'affermissant dans l'idée que le régime du docteur, si on le suivait strictement, débiliterait le Maître !

Celui-ci, depuis qu'il avait supprimé la viande de ses repas du soir, avait pris l'habitude de prendre dans le courant de la journée quelques sérieuses précautions. À quatre heures, avec une forte tasse de café au lait, on lui servait des tartelettes à la frangipane ou une muscadine aux cerises, ou une charlotte de pommes, ou des gâteaux aux ananas, des mille-feuilles toulousains, des puddings divers, une crème au thé ou un soufflé aux pistaches, quelquefois simplement une douzaine de crêpes fourrées, le tout escorté toujours de gaufres fraîches, de massepains et de brioches.

Parfois, il allait prendre son goûter au Café de Saxe où il commandait la veille quelque spécialité : des pommes de Calville à la gelée de violettes qu'on y faisait à la perfection, un gâteau de chocolat, une compote de poires à la Cardinale, une mousse aux pommes ou une omelette à la Célestine. Dans ce cas, ne pouvant supporter le café qu'on lui servait dans cet établissement, il y faisait porter le sien qu'on n'avait plus qu'à entretenir au bain-marie, ou il buvait ce vin des Îles qu'il prisait si fort.

Dodin-Bouffant rencontrait parfois le docteur Bourboude – sans plaisir, d'ailleurs. Devant l'Esculape, en effet, le gastronome, comme un simple collégien pris en faute et bien que la triste vérité ne regardât que lui, s'appliquait à l'accommoder. Il en dissimulait la plus grande partie et présentait le reste à sa manière. Le docteur levait les bras et les yeux au ciel, poussait un soupir, et Dodin comprenait bien que cette mimique silencieuse présageait de grandes catastrophes. Il quittait Bourboude tout plein de la résolution héroïque de se mettre décidément aux légumes verts et aux pommes de terre à l'eau. Puis, sous les plus fallacieuses raisons, il reculait son raisonnable projet et, à mesure que la crise s'éloignait dans le passé, jetait sur ses desseins de frugalité une pelletée de terre quotidienne.

Il arriva ce qu'il était facile de prévoir. Le 12 avril, comme Dodin attendait, en inspectant ses roses de printemps, l'heure du déjeuner auquel le docteur n'avait imposé aucune restriction et qui avait pris des proportions considérables, le 12 avril, à midi, le Maître sentit tout à coup un frisson couler dans sa jambe gauche. Son pied, soudain mué en plomb, s'immobilisa ; il eut la sensation qu'il gonflait, il lui sembla qu'il devenait énorme, qu'il remplissait la large pantoufle, qu'il la faisait éclater, qu'il allait éclater lui-même, et la douleur qu'il connaissait bien s'installa dans son gros orteil, coupante, brûlante, déchirante à la fois.

Il appela à grands cris et dut, pour gagner un fauteuil, s'appuyer sur le bras d'Adèle et sur celui de la bonne. Il marchait à cloche-pied, geignant de souffrance comme un petit enfant. De la sueur mouillait ses tempes et ses mains. Par bribes, les sinistres prédictions du docteur revenaient dans son esprit égaré de douleur. Il traînait en sautillant son énorme pied torturé. Le fait de s'installer dans sa salle à manger, au fond d'un bon fauteuil, d'étendre sa jambe sur une chaise, lui procura quelques secondes de détente. Puis le supplice reprit.

Allait-il faire appeler Bourboude ? Supporterait-il l'ironie du sourire de reproche qu'il voyait déjà sur ses lèvres ? Dodin fermait les yeux ; sa tête tanguait au rythme de sa respiration oppressée, la bouche contractée, les joues tirées… Les deux femmes tournaient autour de lui, stupides, ne sachant que faire. Par la porte ouverte, une légère odeur de roussi commença à s'insinuer dans la chambre qui, de plus en plus accusée, devint bientôt une senteur de cuisine brûlée.

Elle n'échappa point à Dodin et, à l'idée des viandes carbonisées, des épices évaporées, des sauces attachées et des condiments perdus, il ordonna d'un geste impérieux à ses deux soigneuses inexpérimentées de se précipiter au secours des victuailles en péril.

— Tu vas rester seul, larmoyait Adèle.

— Ça ne fait rien, haletait le malade, la matelote de veau sera trop cuite.

Il ne put prendre part au repas. La douleur l'accaparait tout entier, lui mettant une nausée aux lèvres.

Il passa une journée atroce sans bouger de la salle à manger ni de son fauteuil.

Bourboude, venu en hâte, ne lui avait pas dit un mot. Dodin avait bien compris l'éloquence de ce silence. Le médecin avait soigné le patient avec dévouement, mais sans conviction. Toute son attitude exprimait qu'il était impuissant devant la passion du martyr. Il lui prescrivit une potion qui devait momentanément le calmer et qui, en fait, agit à peine. Il fit enlever la chaussure et envelopper le pied enflé de flanelle et de couvertures.

Sombre, farouche, crispé en une énergie inaccoutumée devant la catastrophe qui l'assaillait, Dodin jusqu'au soir fut agité par la torsion lente et continuelle de sa jambe, comme s'il voulait secouer la douleur plantée dans ses chairs, et par un souffle court qui soulevait régulièrement sa poitrine.

Il s'informa pourtant à plusieurs reprises, d'une voix altérée et languissante, de l'état des oreilles de veau farcies et du gâteau de foies blonds de volailles de Bresse qui devaient composer l'essentiel du dîner.

Depuis huit jours il avait prié pour ce soir-là ses commensaux ordinaires. Ils arrivèrent en troupe et furent introduits auprès du malade. À maintes reprises, notamment au moment de la mort d'Eugénie Chatagne, ces bons vivants avaient prouvé qu'ils étaient mal adaptés à l'atmosphère de la souffrance et qu'ils n'y respiraient qu'avec difficulté.

Ils restaient debout devant le gastronome terrassé, les bras ballants, les yeux écarquillés, pleins de compassion et de terreur aussi que la maladie n'interrompît la série déjà longue de leurs agapes coutumières ; ils se dodelinaient d'un pied sur l'autre.

Adèle entrouvrit la porte pour apporter le vin de Château-Chalon que Dodin offrait toujours avant le repas ; il vint de la cuisine une bouffée d'odeur merveilleuse qui semblait s'envoler d'un Olympe gastronomique.

Dodin-Bouffant, à cet appel magique, se ressaisit.

N'était-ce pas le moment, en ces heures sombres, de montrer à ses amis, et demain au monde où se propageait sa renommée, ce que valait l'âme d'un artiste tel que lui et comment la gastronomie – signe et partie de la haute culture – comportait une morale inspiratrice d'énergie !

Il fit asseoir Trifouille, Rabaz, Beaubois et Magot. On leur versa l'or épais du château-chalon. Puis lentement, avec un grand effort, assurant chacune de ses paroles contre les réactions involontaires de la souffrance comme on assure chacun de ses pas au bord d'un gouffre, il commença à parler :

— Ne vous troublez pas, mes amis, dégustez avec calme et sans remords chacune des gorgées de ce précieux vin de notre bonne terre que je suis heureux de vous offrir. Dans vos yeux illuminés, je suis et je retrouve la joie que ce nectar roule au fond de vous dans sa lourdeur dorée. Ce serait un art bien pauvre que celui qui ne laisserait pas après lui assez de souvenirs pour créer encore des voluptés ou des souvenirs trop vagues pour engendrer encore des parfums. Buvez, mes amis. Je prétends vous montrer que la douleur n'est pas assez forte pour prévaloir sur une âme façonnée par la beauté et qui a puisé les éléments de son courage dans la perfection des formes, des sons, des couleurs ou des goûts. La souffrance ? N'est-elle pas de la même essence que la volupté ? Dieu n'a-t-il pas voulu que la douleur et le plaisir extrêmes se rejoignent et n'y a-t-il pas là un dessein de nous rappeler que notre faculté de sentir est limitée, que nos joies et nos amertumes ont au fond le même goût ?...

En dépit de son optimisme épicurien, la triste situation de son pied malade teintait quand même le discours de Dodin de mélancolie.

— La souffrance, continua-t-il, n'existe pas tant que notre âme n'avoue pas qu'elle capitule devant elle. Quiconque a conçu en soi un monde idéal où ne gouverne que sa seule volonté, peut en quelque sorte lui échapper en s'y réfugiant. Mon corps à cette heure souffre, mais mon esprit, derrière les sourires que ce vin glisse sur vos lèvres et qui atténuent votre amicale affliction, s'envole vers les jardins de rêve où nous avons dressé la table de nos banquets...

Seul de tous, Rabaz perçut la subtile ironie de ce reproche enveloppé. En effet, l'ardente chaleur du château-chalon aidait les quatre compères à mieux supporter la torture de leur hôte.

— À table, mes amis, fit Dodin-Bouffant d'une voix assez trouble, en voyant Adèle apporter les oreilles de veau farcies.

Ils s'installèrent largement, commodément, étalant leurs serviettes, fourchettes et couteaux en main, prêts à l'attaque.

Dodin était étendu contre la table, mais on n'avait pas mis son couvert.

Au moment où Adèle allait camper le gigantesque plat sur le réchaud du milieu, il s'en saisit. Il le posa devant lui, pencha la tête et apparut comme un dieu dans une nuée au milieu de la fumée qui montait des oreilles remplies de farce et couvertes, de la panne dorée. Il humait profondément des brises de citron et de thym, des parfums de ris de veau et de volaille, des senteurs de crème fraîche et de bouillon ; il respirait le vin, le beurre, la friture, il se grisait de tous ces divers arômes ; ses narines se dilataient pour saisir à la fois toute la symphonie nuancée ; son regard se perdait dans une extase comme si, presque délivré de la douleur, il avait réellement dégusté ce plat magnifique. Mais avant de retrouver sa misère, il leva sur Adèle des yeux sévères et dit d'un ton de reproche :

— Il manque à ta farce un demi-oignon et deux branches de cerfeuil !

Dodin chez les barbares

Ni l'alerte d'avril, pour douloureuse qu'elle eût été, ni les objurgations de Bourboude n'avaient pu convaincre Dodin-Bouffant de se soigner autrement qu'en suivant le régime discutable dont nous avons parlé au chapitre précédent.

Non qu'il oubliât les souffrances qu'il avait endurées ou qu'il doutât de la science du bon docteur, mais il avait trouvé dans les règles de son art une discipline qui ne laissait place à nulle autre contrainte et il estimait, de plus, qu'une noble passion ne prend tout son sens et toute sa valeur que lorsqu'elle brave le martyre. Frémissant encore de l'abominable crise qui l'avait déchiré, il se plaisait à jeter un défi au sort et à ses infernales menaces.

Mais un matin du mois de mai, vers cinq heures, Adèle se réveilla brusquement, ravagée à son tour par une forte douleur brûlante, installée dans le côté gauche du bas-ventre. Elle appela par la porte ouverte son époux qui dormait paisiblement dans la chambre voisine. Dodin accourut en chemise, la tête serrée dans un rutilant madras, les pieds traînant des pantoufles brodées, mal éveillé encore, le favori hérissé. Il trouva Mme Dodin-Bouffant en proie à une sorte de colique aiguë. Elle se tortillait d'un mouvement continu, ou sautait sur elle-même, comme font les poissons hors de l'eau, ou encore glissait par une reptation sur place de la position sur le ventre à la position sur le dos. Elle gémissait inlassablement, coupant cette plainte monotone de cris plus perçants quand, à intervalles réguliers, comme les éclats d'un phare, la souffrance se précisait en envahissant tout l'abdomen. D'ailleurs, loin de se calmer, cette souffrance gagnait, conquérait toute la ceinture et s'installait dans le rein où elle transportait bientôt sa résidence définitive.

Le docteur Bourboude fut vite au chevet de la malade.

— Colique néphrétique, déclara-t-il immédiatement.

Il griffonna l'ordonnance pour un lavement de laudanum. Mais quand il eut écrit, sur le bureau de Dodin-Bouffant, tout en restant courbé sur le papier, il releva sa tête sévère vers le grand homme et les lunettes sur le front :

— Cette fois, cher monsieur, il ne s'agit plus de vous. Il s'agit d'une femme qui se voit exposée aux assauts fréquents de ces pénibles crises. Libre à vous d'opposer à vos propres maux un stoïcisme que j'admire en tant qu'homme, mais que je condamne en tant que médecin. Vous n'avez pas le droit de réclamer de votre épouse le même courage. Mme Dodin-Bouffant doit, elle, se soumettre à un régime sévère et, par surcroît, occuper son été à une cure d'eau.

Et, comme le praticien devinait aux yeux sceptiques du gastronome qu'il ne l'avait point complètement convaincu, il crut bon d'ajouter :

— Il est tout juste temps d'éviter de très graves ennuis.

L'heure étant matinale et la tenue de Dodin improvisée, Bourboude se réserva de parler plus explicitement le soir, au cours de la visite qu'il comptait faire à la malade.

Quand il fut parti, Dodin remonta vers son épouse. Pierrette posait sur son corps douloureux des compresses chaudes qui n'apportaient qu'un soulagement momentané. Impuissant, attendant les remèdes que la servante était allée chercher, il s'assit dans un fauteuil, vers la fenêtre. Peu à peu, il s'éveilla tout à fait à la chaude douceur du soleil, aux pépiements aigus des oiseaux, au bourdonnement des frelons et des guêpes qui commençaient leur tournée. Il se prit à méditer. La pauvre femme lançait des plaintes atroces, accompagnées d'un trémolo de gémissements et de mots incohérents :

— Oh ! là ! là !… J'ai le feu dans le corps… ou un couteau… c'est quelque chose qui ne passe pas… Si je ne puis plus manger de morilles, maintenant !…

Cette dernière interjection toucha Dodin-Bouffant. Par tempérament, il n'aimait pas voir souffrir ; mais encore, il faut bien l'avouer, de terribles craintes hantaient son esprit. La douleur, quand elle est profonde, ardente, comme celle qui possédait actuellement sous ses yeux Mme Dodin-Bouffant, évoque irrésistiblement sa sœur fidèle et morne : la mort. Et malgré lui, le pauvre homme se rappelait dans le passé la disparition d'Eugénie Chatagne, le bouleversement que sa fin avait apporté dans son existence, les dangers qu'elle avait fait courir à la culture de son art, la difficulté qu'il avait éprouvée à remplacer cette incomparable femme… Il pleurait sur lui-même. Mais à ces vagues réflexions égoïstes qui ne passaient dans son cerveau qu'imprécises, informulées, fugitives, succédaient des angoisses plus sentimentales, des souvenirs de vie commune, tout un goût de vieil attachement. Dans un grand désarroi, son cœur et son esprit mêlaient en lui leurs détresses et leurs appréhensions.

Tout à coup, après un assez long temps de nébuleuse amertume, une bouffée brûlante lui monta aux tempes et un souci plus précis à la pensée : qui donc s'occuperait tout à l'heure de son repas de midi ? Et de celui du soir ? Et demain ?... Adèle était peut-être immobilisée pour de nombreux jours et il allait être abandonné aux soins de Pierrette, dont l'éducation, entreprise par Mme Dodin-Bouffant, était encore bien imparfaite et dont l'art naissant procédait plus de l'expérience débutante que du génie intuitif. Dodin frissonna… Il déjeuna, en effet, convenablement, mais d'une chère sans gloire. Suivant son habitude constante, quand le repas n'avait été que correct, il s'enferma dans son cabinet. Ayant constaté auparavant que la malade, plus calme, sommeillait, il put s'abandonner sans remords et sans inquiétude à sa détresse. Écroulé au fond du fauteuil, le menton enfoncé dans la poitrine, les mains crispées aux deux bras du meuble, il laissait ses yeux sans pensée, envahis d'accablement, errer dans le vide. Il ne revenait à lui que pour considérer rétrospectivement tout ce qui manquait à la sauce au vin blanc du ris de veau, à la volaille qu'on lui avait servie, ou pour chercher dans les brumes du passé la vision de quelque perfection irréprochable dont le goût ressuscitait en son palais.

À mesure que l'heure passait et que la visite du docteur se faisait plus proche, il s'inquiétait encore : qu'allait ordonner Bourboude ? Il avait parlé de régime sévère et de cure d'eau… De régime sévère ? Il fallait alors renoncer et pour toujours à ce qu'Adèle inspirât de son autorité et de son génie la préparation de ses repas et surveillât en personne leur élaboration. Il était trop bon et trop accessible lui-même à la tentation pour exiger que sa femme s'exposât deux fois le jour au supplice d'ordonner son plaisir sans avoir licence d'y participer. Alors ? Pour toujours la cuisine de la seule Pierrette ou d'une autre… Pauvre grand musicien condamné à n'entendre plus jamais que le son d'une modeste clarinette… Et la cure d'eau ? C'était le séjour dans un vague hôtel, l'horreur biquotidienne des trois sauces gargotières et manufacturées, les viandes sans suc, les volailles sans saveur, les légumes sans parfums. Il flottait autour de Dodin une atmosphère de désespoir et de catastrophe. Les minutes s'enchaînaient pour lui dans une infinie lassitude et le monde lui paraissait depuis quelques heures se traîner à une allure d'agonie et d'écroulement. Il respirait une détresse éparse, il épuisait l'amertume de la vie.

Bourboude prescrivit, en effet, avec les plus sérieuses et les plus menaçantes allusions, un régime végétarien, différent du tout au tout de celui que Dodin avait constitué pour ses repas vespéraux. Puis, il en vint à la cure thermale : Baden-Baden commençait à être à la mode et ses eaux, auréolées de cette vogue naissante, passaient pour guérir indifféremment toutes les maladies.

— Il est absolument urgent, affirma péremptoirement l'Esculape, que Mme Dodin-Bouffant y fasse une cure des plus rigoureuses. Et vous ferez bien, vous aussi, cher monsieur, de vous y soigner par la même occasion. Une saison d'eau ne peut que vous faire le plus grand bien.

Le fumet des grands bourgognes emplit miraculeusement le souvenir olfactif du gastronome, tandis que sa bouche se crispait à l'avance sur une saveur pourrie d'eau soufrée.

Il fallut quelques nouvelles alertes et l'insistance tenace de Bourboude pour que Dodin, à la mi-juin, prît la résolution ferme de partir avec son épouse pour le grand-duché. Il avait plusieurs fois décidé ce voyage, aux heures où une vague douleur venait piquer soit les reins de sa femme, soit son propre pied. Puis, l'avertissement passé, il jetait un coup d'œil attendri sur son jardin criblé de fleurs et de soleil, sur sa maison confortable, sur la tournure aussi d'Adèle à laquelle ses compatriotes étaient habitués, mais qui ne laisserait pas d'être remarquée dans cette élégante ville d'eaux, et sa décision sombrait dans une apathie irréductible.

Pour le 27 juin, on retint une berline de voyage. Dodin abandonna à Adèle le soin de préparer les coffres. Il se réserva de remplir un grand sac en cuir et tapisserie d'ouvrages gastronomiques dont la savoureuse lecture devait le consoler d'une réalité qu'il redoutait. Il munit également son bagage personnel d'une forte gourde de lie de raisin. Lui qui, depuis de longues années, n'avait pas quitté, pour plus de deux jours, ni son département, ni sa maison, ni ses amis, dormit peu la nuit qui précéda le jour du départ. Il médita profondément sur cette pensée, où il espérait encore trouver un prétexte impératif et déterminant à reculer, que les désagréments de la cure que sa femme et lui allaient entreprendre hâteraient plus sûrement le trouble irréparable de leur santé et la fin de leur belle vie que toutes les crises uriques et autres subies à domicile. Il n'osait pourtant plus se dédire, maintenant que les adieux avaient été publics, que la calèche était commandée, les chambres retenues à l'hôtel et que toute la ville avait épilogué pendant deux semaines sur l'événement de ce départ. Mais il était bourrelé d'inquiétudes. Il entrevoyait des voitures brisées au fond d'un fossé ; il supputait en imagination le goût infâme de l'eau qu'on allait leur administrer. Il s'en voyait gonflé jusqu'à étouffer à côté d'une Adèle gargouillante du bruit d'une intarissable cascade intérieure, débilités l'un et l'autre par le malfaisant liquide, au point d'être incapables de reprendre la route du retour et de se voir condamner à demeurer jusqu'à la fin de leurs jours, hydropiques et déchus, affalés au fond de ce duché allemand. Surtout il évoquait les tables lamentables de honteuses auberges ; il respirait des relents de graisse et de gargotes, des bouffées de fritures, populacières et de ragoûts écœurants. Plus fruste et d'esprit moins tourmenté, Mme Dodin-Bouffant ronflait béatement dans la chambre voisine.

Le premier appel des oiseaux dans la jeune lumière fit frissonner le pauvre gastronome ; il lui parut funèbre et singulier. L'heure approchait et, maintenant qu'il les devait quitter, les lieux, les objets familiers lui semblaient vêtus d'un charme qu'il n'avait jamais remarqué et dans une étrange atmosphère de mélancolie, il découvrait pour la première fois, à l'heure du départ, le décor où il avait vécu.

Beaubois, Magot, Rabaz, Trifouille et le docteur Bourboude entourèrent le couple infortuné devant la berline. Comme des gens inaccoutumés qui vont affronter avec respect et crainte une cérémonie grave et mystérieuse, M. et Mme Dodin-Bouffant s'étaient vêtus pour le voyage d'habits de cérémonie : chapeau haut de forme en poiluchon gris beige, robe puce à volants et fichu de dentelle, habit à boutons d'or et pantalon à sous-pieds, capeline de paille d'Italie avec flot de fleurs en surah. Ils étaient encombrés de mille paquets, sacs, baluchons, valises et parapluies. Avant de se mesurer avec le haut marchepied, Adèle laissa à Pierrette et à la servante larmoyantes ses ultimes instructions. Les voyageurs apparurent une dernière fois à leurs amis, commodément accotés contre le petit matelas circulaire, en toile de Jouy à sujets roses, accroché au fond de la voiture, infiniment tristes et désemparés. Le véhicule s'éloigna dans une symphonie de grincements et de piétinements et dans un tourbillon de poussière.

Tant qu'ils roulèrent en France, le voyage fut relativement heureux. Le couple sommeillait au balancement des hauts ressorts et ne sortait de cet anéantissement produit par les émotions, par une vague angoisse et par le mouvement monotone, qu'aux heures des repas. Lui et elle avaient admis tacitement et sans se consulter que, se trouvant dans des circonstances exceptionnelles, et d'ailleurs à la veille d'une cure qui devait les guérir, il ne convenait plus de maintenir le régime prescrit pour la vie normale. Dîners et déjeuners étaient donc copieusement fournis de viandes, de poissons, de vins. L'imprévu des repas de relais, des cuisines d'auberge les distrayait et les amusait. Partout, d'ailleurs, ils trouvaient une nourriture confortable qui, sans atteindre aux beautés complètes de leur ordinaire familial, avait son charme. Sur les hauteurs où il planait, le goût de Dodin avait acquis dans sa perfection même de la bonhomie et de l'indulgence. Même certains plats locaux, certaines manières indigènes d'accommoder les mets séduisaient tout à fait le Maître. Il voulut bien leur reconnaître une réelle valeur et en demander les recettes. Il retrouvait, à ces moments-là, toute sa verve lyrique pour se réjouir et pour analyser. Sa parole redevenait abondante. Quelques vins imprévus lui rendaient sa bonne humeur, son entrain, sa joie de vivre. Les effluves de vieilles bouteilles, les saveurs de victuailles agréables et soignées, allaient en ondes vivifiantes et parfumées réveiller et ragaillardir son âme.

— Vois-tu, Adèle, disait-il, il est bon quand même de voyager. On élargit le domaine de sa connaissance, on apprend, on déguste des joies nouvelles…

Adèle écoutait sans trop comprendre, mais mangeait et buvait puissamment en connaisseuse et en praticienne. Son humeur s'accordait exactement aux chutes et aux coups d'aile de l'humeur de son seigneur et maître.

Puis ils remontaient en berline. Les prés, les ruisseaux, les vallons recommençaient à défiler aux portières. Ils s'entendaient pour les trouver moins gras, moins purs et moins frais que les prés, les ruisseaux et les vallons de leur petite patrie dont chaque tour de roue les éloignait. Ils se sentaient perdus, étrangers dans des pays lointains… une gêne descendait sur eux… La digestion les envahissait, ils fermaient les yeux jusqu'au prochain repas.

Malgré la sage lenteur suivant laquelle Dodin-Bouffant avait réglé son voyage, il fallut bien arriver aux frontières du royaume.

Le gastronome alors se ressaisit. Ils allaient pénétrer en terre étrangère, événement qui, pour ce sédentaire, dont le plus long voyage n'avait pas dépassé, depuis trente ans, les villages genevois et vaudois proches de sa province, prenait une gravité précise et s'entourait de dangers vagues. Chef de la communauté, il devait à sa compagne d'être pleinement maître de lui – même pour la protéger contre d'éventuels périls. Il se redressa, tira sur son ventre imposant son gilet de nankin à fleurs, assura son couvre-chef, et raccourcit, en la rentrant dans sa poche, sa chaîne de montre. Ainsi paré, méfiant et magnifique, il aborda les douanes de S. E. le grand-duc de Bade. La désagréable cérémonie terminée – et Dodin la subit dans un silence dédaigneux, d'autant plus obstiné, qu'il n'entendait pas un traître mot de la langue de ces fonctionnaires en habits noirs à revers et passepoils de couleur amarante –, les voyageurs avisèrent, devant les bâtiments de l'administration, une longue table occupée en son milieu par une marmite considérable posée sur un réchaud. Autour de ce meuble fumant étaient rangées des assiettes, des piles des morceaux de pain noir et une multitude de chopes de grès.

L'arrivée de la malle-poste ne laissa pas longtemps le couple dépaysé dans l'incertitude quant au contenu de la chaudière qu'il examinait curieusement. Une jeune femme blonde, jolie, éthérée quoiqu'un peu trop rouge, parée d'yeux rêveurs et innocents, se précipita aussitôt le marchepied abaissé. Un géant joufflu de cuisinier souleva le couvercle du récipient, et la poétique Gretchen, relevant sur ses longues mains que le reflet des veines faisait mauve, les pointes de ses manches d'organdi, cueillit entre deux doigts élégants une couple de saucisses dodues, ruisselantes d'eau bouillante. Tenant de l'autre main un fort morceau de pain, elle se mit à mordre à pleine bouche dans les « Würstchen » qui craquaient sous ses dents, projetant hors de leur petit boudin de peau crevée une graisse chaude qui dégoulinait de ses lèvres roses, huilant de leur vernis gluant la peau satinée de son menton. Deux autres, puis deux autres saucisses, accompagnées toujours de pain de seigle, succédèrent aux premières. De nombreuses cruches de grès arrosaient de bière lourde ces victuailles lardées, épaisses et cochonneuses. Dodin-Bouffant et Adèle observaient ce festin avec des yeux ébahis. Il n'était que dix heures de la matinée et de toute évidence cette forte collation n'était destinée qu'à préparer le dîner de midi de la frêle personne. Le gourmet conçut pour elle un étrange respect, mélangé au dégoût que lui inspirait le masque de graisse qui la barbouillait. Pourtant, il se décida à goûter, lui aussi, ces saucisses qui, pour grossières qu'elles parussent, répandaient dans l'air un parfum assez affriolant de viandes fumées. Bien qu'il lui répugnât de les absorber au bout de ses doigts, il s'y décida cependant. Mais on le vit soudain pâlir et froncer les sourcils ; dans l'effort qu'il fit pour avaler l'imprudente bouchée, il sembla se gonfler démesurément en même temps que, par une mimique brusque et expressive, il tentait d'éviter à son habit le flux de maudite graisse chaude qui polluait déjà ses joues bien rasées, son menton impeccable et, le long de sa main soignée, envahissait sa manche en le brûlant. Il posa précipitamment sur la table, mais non sans majesté, de la monnaie locale qu'il venait de changer, jeta les restes de saucisse au chien du postillon et, tout en essayant de dégager sa mâchoire de la pâte gluante de pain noir qui l'empêtrait, il entraîna Adèle vers leur voiture où il se barricada, sévère et outré, contre les influences malignes qu'il sentait rôder autour d'eux.

Le déjeuner, à l'étape suivante, fit frémir le Maître. Hautain dans sa réserve méfiante, il était assis, Adèle à ses côtés, dans un coin perdu de la table d'hôte. Mais l'envergure de sa personne était telle, qu'en fait c'était lui qui présidait. Il regardait un instant – et avec quelle sérénité ironique ! – les mets qu'on lui présentait d'abord et il secouait la tête pour qu'on les enlevât à son regard. Au premier service il était parfaitement fixé : sur un plat gigantesque s'étalait une omelette de proportion inaccoutumée qui laissait échapper de ses flancs trop cuits des fils de gruyère fondu, tandis qu'une gelée rose et d'aspect douceâtre tremblotait piteusement et baignait de tous les côtés le monstre roussi. Tout autour de la table, des mâchoires se mirent à claquer et de sifflantes aspirations tentaient de saisir à la fois la filante omelette fromagère et la fuyante gelée de groseilles. C'était proprement écœurant. Dodin-Bouffant se vit adjuger d'autorité par le patron de l'auberge une immense chope, ruisselante de bière glacée, qu'on posa devant lui… Dans une brume de gloire il entrevit, en fermant les yeux, parées de visages humains qui lui adressaient de doux et muets reproches, les vieilles bouteilles de sa cave, les fioles amies de vins précieux, tous ces crus aristocratiques, nobles, délicats, chaleureux, nuancés…

Adèle, affamée et moins héroïque que son époux, avait tenté de goûter à l'omelette, se servant au centre pour éviter le contact de la groseille infâme. Mais son sens affiné avait, dès la première bouchée, discerné dans le goût brûlé d'une mixture compacte et aqueuse à la fois, l'accompagnement d'un faux gruyère de dixième ordre. Elle avait reposé sa fourchette et, hébétée par le malheur et l'étonnement, elle promenait des yeux de vieil enfant sur le bourgeois bruyant et boursouflé, sur la jeune fille luisante, sur le vieillard poupard et barbu, sur le commis voyageur aux yeux féroces, qui se régalaient intensément de cette abomination. Elle était résolue à périr d'inanition.

Du bout des lèvres, Dodin goûta aux raves sures et préparées en choucroute. La graisse dans laquelle elles avaient cuit les rendait atroces, mais le Maître conçut qu'on pourrait, par une ingénieuse cuisson, tirer parti de ce légume qu'il ne connaissait point. Les filets d'oie qu'Adèle et lui-même acceptèrent – suprême espérance et suprême pensée – leur arrachèrent un double grognement ; filandreux et huileux, ils étaient prélevés sur une très vieille bête nourrie assurément de résidus de seigle et d'eaux grasses.

Autour d'eux l'appétit semblait croître à chaque plat. Des murmures admiratifs et des interjections rauques fusaient de ces goinfres remplis. Quelques-uns, gonflés et suffocants, poussaient en un soupir, des invocations mystiques de jouissance : « Ach ! Gott !… » mêlant le nom de Dieu à cette ratatouille. L'Empereur de la gastronomie avait poussé un douloureux gémissement. S'appuyant au dossier de sa chaise et croisant ses mains sur son large ventre, il avait pris l'attitude d'un homme qui renonce définitivement à manger. Il était résigné. À cette heure d'ailleurs, son corps avait cessé d'exister dans le présent et dans le réel… Il était assis dans sa salle à manger… il posait sur l'assiette de Rabaz une daube de perdreau… Sur la table surgissait un gâteau de foies blonds de volailles de Bresse au coulis d'écrevisses… Un astre de rubis scintillait

Dodin chez les barbares

à la douce lumière dans chaque verre, devant chaque convive...

L'installation à l'hôtel du *Bélier Noir*, à Baden-Baden, fut laborieuse. À l'exilé tout semblait hostile et incommode : les tiroirs qui jouaient mal, les sièges inhospitaliers à son harmonieuse rotondité, les serviettes de toilette rêches et qui sentaient la lessive ! À l'heure tardive où ils arrivèrent et muré comme il était dans une prévention, hélas ! trop motivée, Dodin commanda pour sa femme et pour lui-même un léger souper en chambre, des œufs, du jambon, des salades. Il mangea – pour la première fois de sa vie – sans prêter la moindre attention à cette opération indispensable et instinctive. Il n'avait pas faim : tous deux étaient rompus de fatigue, de désespoir et de dégoût.

Dès le matin, il fit monter le directeur de l'hôtel :

— Monsieur, lui dit-il avec une pointe d'orgueil ironique, vous ne me connaissez peut-être pas. Dans ma patrie, mes concitoyens ont bien voulu m'accorder quelques compétences dans l'art difficile de la table. J'ai longuement étudié la gastronomie...

L'hôtelier se pliait automatiquement en courbettes plongeantes :

— Ach ! Herr Doktor...

— Non pas docteur... gastronome, tout simplement. J'ai l'habitude de manger une cuisine particulièrement soignée. Madame – il montrait Adèle – est une artiste hors ligne et qui veut bien surveiller mon comestible. C'est d'elle que le prince d'Eurasie disait...

À ce nom magnifique, le gargotier avait recommencé ses cérémonieux pliages de reins, mais cette fois, les talons joints, au garde-à-vous et dans une attitude de profonde déférence.

— Je vous prie donc de veiller d'une façon spéciale à ce que notre table soit fournie de mets de première qualité, longuement, lentement préparés. Que tout soit simple, mais parfait.

Et comme le directeur se répandait en mille assurances et protestations, Dodin, impatienté, commença tout simplement à se faire la barbe.

Quoique médiocrement rassuré par les recommandations qu'il avait faites et par l'assurance que lui avait donnée l'hôtelier que son établissement satisfaisait pleinement des étrangers de palais très exercé, de richissimes Américains, des Anglais de noblesse, des Russes exigeants, Dodin, ayant au bras sa fidèle compagne pour laquelle, dans l'épreuve, son admiration se changeait en vénération, se laissa aller au plaisir de découvrir un pays nouveau. Les pelouses bien peignées, les beaux ombrages, les sources fraîches du parc ne lui parurent pas sans charme. Comme l'âge n'avait point atténué – au contraire – son appétit pour les jolies femmes, il fut sensible à la vue des baigneuses agréables qui animaient l'établissement thermal et le casino. La terre entière envoyait à ces eaux à la mode ses mondaines les plus élégantes, et Dodin, réduit depuis longtemps au fond de sa province à ne satisfaire qu'en imagination son goût pour l'amour, se reprenait à la vie. Ce fut en excellente disposition qu'il aborda la table d'hôte de l'hôtel du *Bélier Noir*. Mais, dès le seuil de la salle à manger, sa bonne humeur se voila légèrement. Un son aigu et tremblotant de guitares venait de ce sanctuaire où rien, selon lui, pas même des musiques pittoresques, ne devait troubler l'heure auguste des repas. De plus, il était accueilli et escorté par une nuée de valets obséquieux, vêtus avec une élégance qui faisait presque honte à sa simple correction. Cependant, étant placé à côté d'une très belle Italienne, qui ne dédaignait pas de le regarder à la dérobée, il resta disposé à la plus large indulgence pour le cuisinier. Adèle était littéralement accablée par la somptuosité du lieu. Les moulures de pâte, les glaces d'occasion, les garnitures d'étain doré, les piles de serviettes, la pendule de marbre noir l'emplissaient d'une immense admiration et la suffoquaient, bien qu'instinctivement elle n'augurât pas grand-chose d'un luxe tapageur qui annonce rarement une cuisine sérieuse et profonde.

Dodin cependant, occupé toujours de sa voisine, fut brusquement ramené à des vues plus sérieuses de la vie. À une table séparée, mais non loin, cinq personnes, trois hommes et deux femmes, s'entretenaient à voix haute en anglais. Sans doute était-ce là les nobles étrangers vantés par l'hôte et auxquels il en avait appelé de l'excellence de sa cuisine. Rasés, distingués, corrects, le Maître les tint au moins pour des lords ou des millionnaires d'outre-Atlantique... Qu'allait-il voir arriver devant ces aristocrates, habitués sans doute, dans leurs somptueuses demeures, à d'inimaginables régals biquotidiens ? Quels trésors imprévus, quels plats délicats et longuement médités leur réservait-on ? Un maître d'hôtel se présenta, chargé d'un immense plateau. Il disposa six plats sur la table des gentlemen : une blanquette de veau, des pommes de terre bouillies, des épinards, des saucisses, des tronçons d'anguille fumée et une bavaroise au chocolat. Et Dodin vit, de ses yeux vit, les Anglo-saxons piquer de fourchettes prestes ou ramasser de cuillères habiles des morceaux, des portions, des quartiers dans chaque plat, les déposer pêle-mêle sur leurs assiettes et manger à la fois l'entrée, les viandes, les desserts, les charcuteries, les légumes… Ils arrosaient cette terrifiante macédoine de grands verres d'eau glacée… Un frisson lui piqua la nuque et s'étala dans son dos comme un millier de fourmillements douloureux.

Qu'il y eût sur la terre des êtres d'aspect humain pour bâfrer ainsi, et pour boire de l'eau, c'était déjà prodigieux et insensé. Mais cela ne le regardait pas. Depuis quatre jours qu'il était en route, il avait dû tempérer de beaucoup de résignation l'absolu de son intransigeance. Il se blasait. Mais ce qui le regardait, en revanche, c'était l'infâme gamelle qu'annonçait la mangeoire de ces étrangers puisque le directeur de l'hôtel lui avait donné comme référence le goût de ces voyageurs, qu'allait-il voir arriver sur sa propre assiette ! Et d'ailleurs eût-on toléré dans un hôtel de haute dignité culinaire que des hôtes pussent se nourrir ainsi ?

On lui présenta un plat creux, plein d'une sauce gluante, sans couleur définie, qui enduisait comme d'un vernis grisâtre et transparent de grosses boulettes. Avec une infinie précaution, il goûta… Il fut soudain suffoqué par une pâte de viande bourrée de farine, de raisins secs de Corinthe, imbibée de cette espèce d'orgeat épais au madère de chand de vin. Cela obstruait et immobilisait sa bouche comme un mastic ou du plâtre mouillé, le brûlant de poivre et l'empoisonnant de mille goûts nauséabonds. Il devint vert, pensa à évacuer cette nourriture sur son assiette et ce ne fut que par un héroïsme de décence qu'il parvint à avaler. Pour se rétablir, il absorba une forte rasade de vin du Rhin qu'il n'aimait pourtant point à cause de sa froideur et de sa parfumerie naturelles. On apporta ensuite un « Rehbraten », rôti de pauvre chevreuil, non seulement totalement dénué de la succulence sauvage qui fait le charme de ce gibier, mais encore imprégné du goût d'une urine qu'on n'avait pas eu la précaution de vider après la mort, et, par surcroît de disgrâce, vierge de toute marinade préparatoire ; il était, en revanche, nimbé d'une sauce où de la crème aigre et de la farine étaient mélangées au jus de la cuisson. Les pruneaux d'escorte ne réhaussaient certes pas cette mélancolique venaison.

— Adèle, fit-il avec une tristesse sans nom dans l'intonation, je ne me sens pas très à mon aise. Je monte dans notre chambre.

La douleur qui creusait les orbites et les ailes du nez de son mari était si immense qu'Adèle n'osa pas l'affronter. Elle voulut lui laisser le temps de se ressaisir dans la solitude. Elle resta à table, pauvre grosse chose désemparée dans le brouhaha de mastications sonores, de rires poméraniens, de verbes sans retenue…

Elle retrouva Dodin-Bouffant écroulé dans son fauteuil. Il épongeait son front moite. Ses yeux étaient chavirés dans la vision infernale des repas à venir. Il lui jeta un coup d'œil mourant, plein de toute la détresse humaine et, lui prenant la main tendrement, en ce geste de l'homme qui a beaucoup souffert et qui pleure sur lui-même :

— Il est très vrai, comme dit Montaigne dans ses *Voyages*, que ces Allemands « fourbissent beaucoup mieux la vaisselle qu'en nos hostelleries de France », mais, Seigneur qui créas toutes bontés et toutes beautés, que mettent-ils dedans !

Désormais, Dodin ne prit plus de repas à l'hôtel du *Bélier Noir*. Il se mit à parcourir et à éprouver – en quête au moins d'une « alimentation » plus chrétienne – les hôtels, les auberges et les restaurants de Baden-Baden et des environs. La première indignation passée, il se compassa en une dignité sévère. Il goûtait, il goûtait toujours, il goûtait inlassablement toutes les ratatouilles teutonnes qu'on lui présentait et par où s'affirmaient la lourdeur, le manque de goût et l'estomac prodigieux des sujets de Prusse ou de leurs confédérés. Il laissait tomber de durs jugements motivés du haut de sa majesté, de ses lèvres dédaigneuses. À ses côtés, tel un conseiller de cour, Adèle approuvait, et le plus souvent renchérissait en une langue énergique et imagée dont elle n'avait pas abandonné l'usage, en passant de l'office à la salle à manger et que Dodin-Bouffant ne semblait pas entendre. Il lui arrivait d'exprimer d'une manière moins rude son propre désespoir. Devant tel « Gänsebraten » filandreux et sans goût, nageant dans l'éternelle sauce crémeuse, mais saumâtre, auxiliaire monotone de fadeurs prétentieuses, il murmurait pour lui-même, opposant ainsi en une formule concise les deux aspects de l'âme indigène :

— Mon Dieu, que pouvait donc manger ce pauvre Werther ?

D'ailleurs, guidé par son instinct, soutenu par une indéfectible persévérance, favorisé par le hasard, à la longue, Dodin avait découvert, à droite et à gauche, après de patientes recherches, quelques spécialités locales assez agréables pour l'aider à subsister. Derrière l'établissement de bains, une auberge en style médiéval de carton-pâte, le *Fer à Cheval*, débitait un vin d'Alsace fruité, bourru un peu, mais original et personnel. Tout au bout de la promenade, à l'entrée de la ville, dans une brasserie, la *Brasserie grand-ducale*, la poitrine d'oie fumée était excellente. Une confiserie offrait la ressource de boules à la confiture très convenables ; on était assuré de trouver toujours un ravigotant porc froid au raifort et un « Leberwurst » appétissant au petit hôtel de troisième ordre de *La Forêt-Noire*.

À défaut de mieux, Dodin savait tirer parti de ces ressources d'aventure. Le docteur de l'établissement avait prescrit le traitement des deux époux. Adèle, émue encore de la crise récente, s'y soumettait assez scrupuleusement. Quant au Maître, après deux jours d'essai loyal, il avait combiné un ingénieux système, compromis entre ses instincts et sa raison, qui mariait agréablement les exigences de sa santé et les appels de son goût.

Il descendait dès neuf heures vers la source, buvait avec force grimaces et en retenant sa respiration, une grande lampée d'eau. À travers le verre on apercevait ses yeux dilatés par l'horreur de ce breuvage et la rougeur de la honte qu'il éprouvait à l'avaler. Comme le médecin lui avait conseillé de laisser entre chaque absorption d'eau – il était condamné à trois – un intervalle de quarante-cinq minutes, sans spécifier à quoi il emploierait ce temps de repos, aussitôt qu'il avait terminé l'ignominieuse corvée, il s'en allait allègrement au *Fer à Cheval*, s'installait sur un banc du jardin et se faisait apporter une bouteille de vin d'Alsace. Puis, les trois quarts d'heure écoulés, il retournait à son supplice et s'en revenait bien vite à son plaisir. Ainsi, dans sa matinée, avalait-il trois verres d'eau et trois bouteilles de vin. Ni Adèle ni le docteur ne purent le convaincre qu'une cure sérieuse ne comportait que la première partie de ce programme.

Un après-midi, comme il revenait de promenade, vers cinq heures, le portier de l'hôtel lui apporta dans sa chambre, où déjà

Adèle était en caraco de satinette prune et en papillotes, une carte de visite :

Prof. Dokt. Hugo STUMM
Geheimrat
Philosophischer Schriftsteller

Un peu étonné, il donna ordre pourtant de « faire monter ». Il vit entrer un homme grand, assez fort, qui épongeait un front osseux et rutilant où obstinément une rosée de sueur émergeait. Des lunettes cramponnées aux oreilles et vissées au creux de son nez enfoncé, faisaient partie intégrante de sa chair faciale. Ce nez, d'ailleurs, s'arrêtait à moitié du chemin des nez ordinaires, et, pour en finir, s'épatait prodigieusement au milieu d'une face ronde. Sa bouche, avec l'appareil des mâchoires, tenait, beaucoup plus que d'un orifice humain, du masticateur d'acier articulé. Son crâne était dessiné d'une ombre régulière et, pour ainsi dire, raboteuse qui figurait la place où auraient dû croître des cheveux coupés ras.

Dès le seuil de la porte, le professeur se mit à prodiguer à Mme Dodin-Bouffant et à Monsieur, alternativement, des saluts effectués avec le buste seul, à l'exclusion du reste du corps qui se contentait de manifester son existence par un bruit sourd de claquements de talons. Puis il commença, dans un français qui coulait goutte à goutte, un discours préparé :

— J'ai appris le séjour ici de l'illustre Dodin-Bouffant, l'ami du prince d'Eurasie – ici il salua dans le vide la majesté absente. Que la très noble dame Dodin-Bouffant permette que je me présente…

Adèle, la tête pavoisée de cent papillons de papier, les jambes écartées, un peigne à la main, demeurait abasourdie, flottante, si on peut dire, comme son caraco, et, entraînée, sans le savoir, par l'exemple, rendait coup pour coup, d'une inclinaison maladroite de la tête et des épaules, les salutations forcenées du visiteur.

— Professor Doktor Hugo Stumm, Geheimrat, Philosophischer Schriftsteller…, premier lieutenant de landwehr, frère du capitaine de la garde prussienne Otto Stumm…

Dodin, fatigué par la promenade, les pieds endoloris, fit signe au professeur de s'asseoir, s'assit lui-même et, désireux de se conformer à la politesse du pays, dit simplement :

— Permettez-moi, Monsieur le frère du capitaine de la garde prussienne Otto Stumm, de me déchausser et de passer des pantoufles. Il enleva, avec l'effort d'un obèse malhabile à se courber, une de ses chaussures. Hugo Stumm avait commencé :

— Je viens vous entretenir, beruhmter Herr Professor, de la métaphysique de la cuisine, dont je m'occupe spécialement…

Dodin se releva, sa chaussure à la main, un pied en chaussette, la face profondément ébahie. Stumm saisit si bien l'ahurissement sur la figure du grand homme, qu'un peu interloqué lui-même, il jugea bon d'expliquer :

— J'ai déjà écrit les mille sept cent quatre-vingt-trois premières pages d'un livre essentiellement hégélio-platonicien qui a pour titre : *La Métaphysique de la Cuisine*…

Un vague frisson, un vertige secouèrent Adèle. Mêlant obscurément dans son cerveau le terme, pour elle barbare, de « métaphysique », et la vision de casseroles, qu'évoquait invinciblement à ses yeux le mot « cuisine », elle frémissait que l'étranger n'eût jeté à son art bien-aimé quelque cruel outrage. Pourtant le calme de son mari la rassura. Stumm avait repris :

— Je ne vous apprendrai rien, illustre Maître, en posant en principe que la cuisine en elle-même n'est rien, comme le reste du monde, que l'illusion de nos sens. Seul, l'Idée qui s'en dégage a une valeur.

Dodin roulait sur son interlocuteur des yeux où se mêlaient le soupçon de la démence et l'irritation de la fumisterie, cependant que d'ineffables souvenirs, qui ne relevaient nullement de l'Idée, protestaient contre cette audacieuse affirmation. L'autre continuait, imperturbable :

— Je vous expose le plan de mon livre et sa pensée directrice.

Il tournait, sans s'arrêter, son chapeau entre ses mains grasses, mettant dans ce geste stupide toute sa satisfaction de lui-même.

— Donc, l'Idée de la cuisine seule compte. J'ai consacré ma vie à le démontrer et j'en suis arrivé à ne me nourrir que de pommes de terre à l'eau et de choux bouillis…

— Comme je vous comprends ! repartit Dodin, évoquant les boulettes du premier soir.

L'autre considéra cette interruption comme un assentiment :

— Puisque vous approuvez mes prémisses, il s'agit de nous livrer à une analyse transcendante de mon idée. Dépouillée de tout l'artifice dont nos besoins l'ont fardée, de tout le superflu dont notre déliquescence l'a pomponnée, prenons-la d'abord dans son originelle simplicité : l'Idée de la cuisine est simplement une des formes essentielles de notre instinct vital, de notre volonté de conservation. Le cuisinier type, c'est l'homme le plus ancien de la préhistoire qui borna sa science à séparer du quartier sanglant de l'aurochs abattu les parties nerveuses trop dures à broyer. Son fils, déjà, qui posa ce quartier au milieu de branches enflammées, s'éloigna considérablement de l'Idée pure. Dans le monde platonicien, l'Idée de la cuisine rejoint purement et simplement l'autre grande abstraction de l'instinct vital : l'Idée de la reproduction.

Dodin, éberlué, demeurait figé, tenant toujours sa chaussure à la main. Il n'avait pas fait un geste de son bras levé, de son nez pointant en l'air :

— Vous avez remarqué, assurément, très honoré Maître, que l'Idée de la reproduction s'est, dans le cours des siècles, réalisée d'une façon constante dans le cerveau des hommes. À l'exception de quelques dégénérés qui sont, j'ai le regret de le constater, noble Monsieur, presque exclusivement vos compatriotes et qui ont substitué à l'acte primordial de malsaines excitations qui ont fini par submerger l'acte lui-même, excitations qui, je le constate toujours avec le même regret, n'ont pas été sans modifier hautement les rapports des sexes dans votre patrie, à l'exception de ces quelques dégénérés, dis-je, et de leurs disciples, l'humanité se reproduit toujours par le même geste primitif, et dans cet ordre, l'Idée pure et sa manifestation sont demeurées à peu près intactes.

Cette longue phrase arracha un léger grognement de douleur au gastronome.

— Il n'en va pas de même de la cuisine : la gourmandise qui, peu de temps après l'apparition de l'homme sur la terre, a vicié et compliqué le simple désir de subsister, a partout remplacé nettement ce besoin originel, et aujourd'hui la cuisine recherchée des peuples civilisés est aussi loin de la nourriture primitive...

— Que les boulettes de viande de la Forêt-Noire de la gastronomie artistique, fit Dodin dont le sang s'échauffait.

Il posa enfin sa chaussure. Hugo Stumm n'eut pas l'air d'entendre son interruption ou, perdu dans son raisonnement, ne la comprit pas. Il poursuivit :

— Voilà, je pense, des prémisses fortement établies. Or vous n'ignorez pas, Monsieur le Docteur, que l'Univers entier, en une poussée frénétique et douloureuse, tend à coordonner son éparpillement et à se reconstituer dans l'Unité ou plutôt dans les Unités du monde des Idées. C'est un fait. Tout ce qui tend à l'Unité simple, tend par là même à échapper à l'étreinte de la matière et à remonter à son origine idéale. C'est pourquoi tout homme philosophe approuvera sans réserve la politique traditionnelle de nos Hohenzollern qui, poursuivant depuis des siècles l'unification de l'Allemagne sous leur sceptre, puis l'unification de l'Europe et enfin l'unification du monde, se sont placés profondément dans la logique de l'ordre métaphysique.

« Mais je reviens à la cuisine et c'est sous l'angle que j'ai eu l'honneur de dessiner devant vous que je vais la considérer. Son plus grand apôtre vivant, le successeur des Apicius, des Diodon d'Alicante, des Remus Varonicus, des Aristobal, des Eumène Scartey et de tant d'autres, ne peut qu'approuver l'effort que je tente pour élever son art ou sa science dans les sphères spéculatives de l'esprit.

Dodin, que cette éloquence accablait mais qui n'était pas sans être impressionné par l'étalage de cette érudition dont il ignorait le premier mot, s'était enfin, pour soutenir ces assauts, installé commodément dans le fauteuil où il paraissait jusque-là n'être que provisoirement assis, partagé d'ailleurs entre le désir de rompre l'entretien et le respect que le cuistre lui suggérait malgré tout.

— L'effort humain qui tirera la cuisine de l'ornière de la matérialité et l'orientera sur la route de l'esprit, consiste donc à l'arracher à cette diversité malsaine et à introduire dans son désordre et sa complexité les éléments qui la ramèneront à l'Unité primitive, à la lumière de l'Idée ! Il faut, par conséquent, simplifier, simplifier à outrance, réhabituer nos facultés gustatives aux saveurs rudimentaires qui sont peu nombreuses, les soustraire aux avilissantes recherches, aux combinaisons décadentes, leur offrir des satisfactions de plus en plus normales, c'est-à-dire rudes, et préparer ainsi le jour où la Cuisine, redevenue l'élément de l'instinct vital de l'homme, se bornera à préparer, pour entretenir sa vie, les morceaux de viande crue de nos lointains ancêtres.

— Il me semble, grommela entre ses dents Dodin-Bouffant, que vos compatriotes et certains Américains de ma connaissance sont assez avancés sur cette voie…

— Ainsi la Cuisine aura accompli son cycle platonicien et deviendra le plus magnifique, le plus métaphysique des arts. Partie de l'Unité de l'Idée, elle aura réalisé sa pleine conscience en passant par tous les stades de la diversité et en revenant à travers eux à l'Unité originelle. Je tire donc de la claire vision de ces destinées les lois, les règles qui doivent inspirer les maîtres qui la dominent, l'exercent et la guident, et à côté d'eux tous les humains qui pensent et qui veulent. Au moins dans un des domaines de l'esprit, l'homme, brisant les catégories artificielles de sa pensée, n'obéira plus qu'à l'impératif catégorique en vue d'arriver, derrière leurs apparences, à la réalité des choses ! Nous aurons donc extrait de la Cuisine cet impératif auquel nous ne pourrons nous soustraire.

Après qu'un assez long silence eut assuré Dodin-Bouffant que le discours était définitivement terminé, il se leva, et, les mains au dos, se mit à marcher dans la chambre, sans même remarquer Adèle, effondrée sous le monstrueux charabia philosophique qu'Hugo Stumm était allé remuer au fond de ses casseroles. Il resta lui-même longtemps sans parler. Le philosophe, tournant toujours son chapeau entre ses mains, se trémoussait de satisfaction sur sa chaise, attendant une approbation enthousiaste et ne doutant pas que son raisonnement n'eût conquis à sa doctrine l'illustre ami du prince d'Eurasie. Il escomptait mille conséquences importantes de cette retentissante adhésion. Enfin, marchant toujours, Dodin laissa tomber ces mots :

— Monsieur le frère du capitaine de landwehr Otto Stumm – et cette fois il nuança cette phrase avec toute l'insolence que pouvaient distiller ses lèvres sensuelles –, une de mes amies – elle mourut pendant la Révolution sur l'échafaud –, la jolie Mme de Lassuze, répondait à d'Alembert qui venait de lui expliquer la doctrine de votre Kant : « Tous les impératifs du monde ne valent pas un péché que l'on commet par tendresse. » Et je pense que votre métaphysicien, et toute votre métaphysique par-dessus le marché, sont, par ces simples mots –, excusez-moi, Mme Dodin-Bouffant –, fichus par terre. Toute votre « Idée » de la cuisine n'est que pâtée à chiens devant un coulis d'écrevisses, une bécasse des Dombes, ou l'oreiller de la Belle Aurore de mon divin ami, M. Brillat-Savarin, qui a écrit : « Les animaux se repaissent ; l'homme mange ; l'homme d'esprit seul sait manger. » Ces quatorze mots démolissent proprement votre fatras, si tant est qu'il ait eu jamais solidité ou même quelque sens.

L'air de Dodin-Bouffant était si impérieux que Hugo Stumm, maté, ne songea pas à protester.

— Mais je ne m'étonne pas que la folie soit venue dans ce pays de réduire la Cuisine à une Idée pure, incarnée par surcroît dans un quartier de viande crue. Assurément, votre nourriture nationale y gagnerait, monsieur. N'espérez pourtant pas qu'un citoyen quelconque de ma patrie comprenne un mot de votre prétendue philosophie et encore moins l'approuve. Nous avons inventé le confit d'oie, le ragoût de morilles, la poularde à la crème, les truffes au lard, les gâteaux de foies de volaille, le lièvre à la royale, les feuilletés aux écrevisses, nous, monsieur, et tant d'autres choses ! Nous avons la Bourgogne, le Bordelais et l'Anjou, nous, monsieur ; car, si je vous ai bien compris, c'est l'eau des sources que vous nous offrirez avec votre carne sanglante pour satisfaire l'Idée pure de la soif ! Il serait trop simple de vous répondre, monsieur, qu'en vertu d'une philosophie naturelle qui a une bien autre noblesse et une bien autre autorité que la petite affaire que vous avez essayé de construire, nous usons des dons que Dieu nous a prodigués. Apparemment, la Divinité, qui est l'Idée des Idées, n'a pas semé sur notre pauvre terre mille trésors délicats pour que nous nous nourrissions de quartiers de viande crue. Vous n'avez peut-être pas pensé à ce détail. Votre théorie est donc édifiée sur un *a priori* stupide, comme d'ailleurs toute votre philosophie qui, renversant les termes, pourtant immuables du problème, a toujours voulu induire la métaphysique d'un postulat moral.

Hugo Stumm tenta encore une fois d'interrompre. S'il supportait assez aisément les véhémentes critiques adressées à sa personne, la démolition en un tournemain de toute la philosophie allemande lui était intolérable.

— Je vous en prie, monsieur, fit sévèrement Dodin-Bouffant, je vous ai patiemment écouté…

« Pour n'être point dans l'ordre de votre métaphysique, et encore qu'elle se refuse à s'y incorporer, que de noblesse, de grandeur, de lumière dans la Cuisine de mon pays qui n'est faite, je puis l'affirmer, ni d'idée pure ni de quartiers sanguinolents ! Je vous assure bien – mais comment en jugeriez-vous ? – qu'elle n'a besoin ni de vos raisonnements brumeux, ni de vos divagations pour monter, comme Phaéton, vers la gloire et le soleil ! La grâce et la finesse, la combinaison et la proportion, la dose exacte et la sûreté de goût portent en elles leur vertu propre ; quand leur heureuse alliance arrive à arracher l'homme à lui-même, à l'exalter, et à le ravir au-dessus de sa propre matière, elles atteignent une plénitude d'effet qui font d'elles des forces irrésistibles, souveraines et idéales. Sentirez-vous jamais ce qu'il y a de grotesque pour nous à stériliser l'Idée et à la mêler aux fibres violâtres de la viande crue, alors que, fils de l'ardent Pascal, de l'épique Rabelais et du malin Montaigne, nous voulons, en dégustant la saveur du monde au bout de nos fourchettes, la gonfler, cette Idée, de tous les souffles et de tous les enthousiasmes de la Vie ! Nous nous sommes tout dit, monsieur.

Retour et serment

Le 2 octobre, la jeune Bressanne préposée à la garde du ménage Dodin-Bouffant pendant son absence, reçut par les messageries une lettre qui lui annonçait le retour de ses maîtres pour le 17 du même mois. Il lui était recommandé – recommandation qu'accompagnaient trois pages de détails de recettes et de prescriptions – de préparer pour ce jour-là un bouillon fait de vieilles poules, de langue et de culotte de bœuf, de panais, de navets, de carottes et de céleris ; d'avoir en réserve de la glace de viande bien concentrée, des extraits de champignons frais, un beau rognon de veau – le poids, la couleur et la quantité de graisse étaient exactement décrits ; de lever les blancs d'une dinde, de faire dégorger douze foies de volaille, de se munir de six douzaines de belles écrevisses, d'écrire enfin à Lavanchy, de Bulle, pour recevoir en temps voulu un morceau de gruyère authentique, bien gras. Il lui était en outre ordonné de mettre à frapper dès six heures du matin trois bouteilles de château-chalon et à chambrer autant de fioles de vergelesses.

« Pour le reste, ajoutait Adèle Pidou – femme Dodin-Bouffant –, ne vous occupez de rien. J'officierai en personne. »

Une heure après la réception de cette missive, toute la petite ville avait appris le proche retour du Maître. L'émotion y fut immédiatement à son comble dans les cafés, chez les bourgeois, au cercle, au marché, dans la cour des messageries. On avait tant redouté que ce voyage ne fût fatal au grand homme et qu'on ne ramenât que son cadavre, pour le coucher auprès d'Eugénie Chatagne ! Une sorte de détente allègre passa sur la cité quand on y connut la nouvelle répandue par la petite bonne, fière d'être la messagère d'un grand événement.

Ah ! que le temps parut long aux compatriotes de Dodin-Bouffant jusqu'au jour qu'avait fixé leur héros pour rentrer dans sa patrie !

Magot, Beaubois, Rabaz, Trifouille s'assemblaient quotidiennement pour déguster à l'avance la joie de l'heure bénie où la chaise de poste paraîtrait au sommet de la côte, à l'entrée de la ville. Quand ils s'étaient assurés qu'aucun d'eux n'avait reçu depuis la veille quelque fâcheuse nouvelle, l'annonce d'un contretemps ou d'un accident, ils s'abandonnaient une fois de plus aux plaisirs de l'orgueil, à la gloire d'être les familiers du gourmet attendu : n'avaient-ils pas quelque droit d'être plus touchés que personne par le retour du grand homme dont frémissait toute la cité ?

Enfin, le 17 octobre arriva. Journée exceptionnellement lumineuse et tiède où le cœur de la cité battait au rythme d'allégresse. On se fût cru au jour anniversaire du Roi, tant il flottait dans le soleil automnal de la ville d'oisiveté joyeuse et d'attente inaccoutumée. Des gars, lancés en éclaireurs, guettaient la voiture vers les Tuilières, à la sortie du vallon. Tout ce qui avait pu quitter le bureau, l'atelier ou la boutique, musait aux portes de la ville, sur l'herbe, dans les guinguettes, attendant…

Vers deux heures enfin, les vigies arrivèrent au pas de course, suivies bientôt du bruit sourd d'un trot régulier.

« Les voilà ! les voilà ! » criaient-ils à perdre haleine, épuisés, poussiéreux et suants, tel le coureur de Marathon.

En un clin d'œil, la foule fut alignée des deux côtés de la route. On entendait s'entrecroiser des phrases brèves :

— Dans quel état, mon Dieu !… Ils l'ont échappé belle !… Pauvre Dodin, pauvre Adèle !… Comment les barbares nous les renvoient-ils ?…

La voiture parut et passa, à une allure tranquille, comme si l'âme placide et méditative du gastronome eût imprégné jusqu'à la matière brute des chevaux. Elle s'avançait au milieu d'un murmure, de respect et d'amour : devant elle les chapeaux tombaient comme les blés sous la faux. À cette heure, Dodin-Bouffant, revenu par miracle sain et sauf de lointaines régions fabuleuses et sauvages, rentrait dans sa ville comme ces héros légendaires dont on ne sait plus bien ni les mérites, ni les œuvres, ni les exploits, mais en qui un peuple entier incarne son instinct de la gloire. Le grand homme était revenu ! Du fond capitonné de son véhicule, savourant l'hommage inattendu de ses compatriotes, il commençait à y trouver l'oubli de ses récentes épreuves. Adèle, auprès de lui, gonflée comme une tourterelle, s'efforçait de composer une dignité à son visage émacié qui émergeait d'un col d'organdi et d'un châle des Indes enchevêtrés.

Les disciples les attendaient au petit perron de la maison. La jeune Bressane, au milieu d'eux, incapable d'exprimer son émotion, se tapait simplement le ventre et les cuisses, les larmes aux yeux.

Les membres du petit cercle, qui avaient sensiblement engraissé pendant que le Maître affrontait les périls que nous avons racontés, le reçurent dans leurs bras. Au premier coup d'œil à leur abdomen Dodin constata, non sans mortification, les avantages de ne point courir les grands chemins ; il ne leur échappa pas, à eux, que le gilet de velours puce de leur maître ne moulait plus exactement son ventre puissant. Ses jambes paraissaient mal assurées. Son visage était comme fripé et sillonné des stigmates de la lassitude. Mais une lumière joyeuse et de bon augure brillait dans ses yeux qui se promenaient avec une détente ravie sur les pierres de son logis et sur ses vieux amis. Il distribua les accolades, muet, étranglé d'une sainte émotion.

Quant à Adèle, elle franchit le marchepied en faisant bouffer la soie gorge-de-pigeon des bavolets de sa robe et en minaudant un peu, comme une voyageuse qui vient d'échapper à de grands dangers et de contempler ce que les yeux vulgaires ne verront jamais. Puis elle disparut.

Les cinq amis ne trouvèrent, dans le cabinet de Dodin qu'elle avait traversé en coup de vent, que son cabas, ses mitaines et son en-cas. Mais, de la cuisine voisine, ils entendaient venir sa voix impérieuse, ragaillardie, et ces mille bruits précis, assurés, qui décèlent l'activité diligente et compétente d'une cuisinière de tout repos.

— Brave femme, murmura Dodin-Bouffant. Sans prendre le temps de monter à sa chambre, elle s'est mise à mon souper du soir ! Elle veut que le premier repas de notre retour efface les nauséabonds souvenirs de cette cure abominable !

Les cinq amis s'installèrent commodément dans les bons fauteuils retrouvés. Dodin envoya chercher trois bouteilles d'un madère authentique que quarante ans auparavant un de ses amis, hélas ! décédé, lui avait rapporté sur un des navires de sa compagnie. Il eut la surprise de voir les fioles vénérables, dressées sur un plateau de zinc peint, dominer tout un paysage de flans au kirsch qu'Adèle venait de trousser en hâte pour la collation.

L'après-midi fut délicieuse pour l'épicurien échappé à la géhenne germanique. Son âme se réinstallait au milieu de ses vieux livres, de ses vieux amis, de ses vieux meubles, comme des jambes fatiguées par une tenue de cérémonie se glissent dans les plis familiers d'un pantalon déformé – avec délassement.

Le livre qu'il avait feuilleté avant de monter en berline – *L'Almanach des Gourmands*, du comte de Périgord – était encore là, sur sa table. Que d'aventures douloureuses, que d'amertumes, que de sinistres expériences depuis le dernier coup d'œil qu'il y avait jeté !

Il s'informa exactement auprès de ses disciples des événements de la petite ville depuis son départ. Mais chaque fois que l'un d'eux tentait, à son tour, de l'interroger sur son voyage, ses yeux se fermaient à demi comme s'ils ne pouvaient supporter l'horreur de la vision qui surgissait devant eux. Il ramenait ses interlocuteurs à leur ville, à la ville, se faisant conter en détail les menus de leurs repas, le goût des plats qui l'intéressaient, un dîner que leur avait préparé la patronne du Café de Saxe, un souper donné à la sous-préfecture… Visiblement, il fuyait le souvenir terrifiant des semaines dont il venait de s'évader. Ses amis comprirent vite qu'il ne fallait point lui imposer la rude souffrance de les évoquer.

Puis, avec la fin du jour, les derniers flans et les ultimes gouttes de madère, les mots se firent plus silencieux, les phrases plus sourdes et, dans la nuit venue, les voix se turent.

La servante apporta les douces lampes. Posées à la place qu'elles occupaient depuis quarante ans, elles coulèrent, aussitôt et fidèlement dans le cabinet confortable, leurs jeux d'ombres et de clartés que les yeux de Dodin retrouvaient avec ravissement, comme l'éclairage habituel et bien réglé du décor de sa vie. Elles soulignaient l'intimité grave et cossue de la vieille maison familiale, projetant la sécurité de leur présence au milieu du mystère de la perfide nuit qui déjà rôdait dehors.

Alors Dodin-Bouffant, comme s'il concluait tout haut une longue méditation intérieure, une controverse qu'il eût soutenue avec lui-même, prononça ces mots : « Plus de doute : la cuisine d'un peuple est le seul témoin exact de sa civilisation. »

Et les bouffées divines, subtiles et délicates, légères et gracieuses de ce qu'Adèle mijotait à la cuisine et qui avaient envahi le cabinet trois ou quatre fois, au hasard d'une porte ouverte, conféraient à cet axiome définitif une singulière autorité.

Quand, au bruit des assiettes, Dodin entendit qu'on mettait le couvert, il s'excusa auprès de ses disciples :

— Je ne puis vous retenir à souper, mes chers amis. Après cet infernal séjour, ce long voyage, Adèle et moi sommes un peu las... Mais nous allons recommencer nos mardis habituels...

En vérité, il avait le besoin impérieux de savourer, seul avec sa femme, la douceur de ce qu'il venait de retrouver et de concentrer sévèrement son âme, qui avait failli les perdre pour toujours, sur les glorieux instants que sa diligente épouse lui préparait.

L'annonce que le souper était servi sembla tout à coup raffermir, retendre ses chairs un peu affaissées. Il prit congé de son entourage et s'installa en face d'Adèle, solidement établi sur ces sièges à manger qu'il avait médités durant de longues années. La brave femme, épanouie et magiquement rajeunie, arborait un visage qui le rassurait sur ce qui allait arriver. Avant leur calvaire, quand elle avait réussi un plat, son nez semblait se retrousser et défier toutes les cuisinières du monde, ou ses yeux s'éclairaient d'une sorte de brasillement à interruptions et prenaient des aspects de phare alterné, ou encore sa bouche disparaissait entre deux lèvres gonflées. Ce soir-là, sur sa figure s'étalaient à la fois toutes ces marques d'allégresse et Dodin-Bouffant en tirait les plus heureux augures.

Il ne put s'empêcher d'évoquer – ô brièvement ! – les choux mal cuits, les crèmes aigres, les infâmes boulettes de viandes mortifiées des potages teutoniques quand il porta à sa bouche gourmande, au milieu d'un nuage de fumée nacrée, le consommé savant marié à une crème de laitues et de haricots. Et un mielleux Marestel en son point étouffa sous son corps parfumé un atroce renvoi de lourdes bières. Au rognon de veau, dont les rotondités dorées et la graisse transparente, étalées sur un beau canapé, apparaissaient sous le voile sacré d'une sauce onctueuse et de senteurs à la fois simples et nuancées comme les couleurs d'un arc-en-ciel, il éleva son âme vers le dieu du foyer et de la Cuisine française. Mais au gâteau de foies blonds de volailles de Bresse au coulis d'écrevisses, il sursauta d'aise : la vie, c'est-à-dire la joie de déguster savamment et à pleine bouche la gloire de la nature accommodée par le génie de l'homme, la sécurité du repas du lendemain, du surlendemain, de toujours, la confortable, la large, la placide volupté de sa province bénie, la vie enfin, rentrait en lui brusquement, épanouie. L'inquiétude de ses yeux s'adoucissait et se muait en cette certitude ironique, en cet heureux apaisement qu'il avait si longtemps promenés sur le monde et qu'il venait de retrouver.

Ses épaules, un peu courbées sous le poids de l'infortune, se redressaient, sauvées et triomphantes. Et maintenant, le bourgogne entre ses lèvres coulait comme une marée d'ambroisie ! Il contempla longtemps sa femme qui, en face de lui, démentant la fausse légende qu'une cuisinière ne mange jamais la cuisine qu'elle a préparée, poursuivait au fond du plat, d'un vigoureux morceau de pain, jusqu'aux moindres bribes de foies et de sauces et se délectait réellement aux derniers vestiges de son chef-d'œuvre. Il l'enveloppa d'un regard d'amour et de reconnaissance.

— Adèle, fit-il, en posant à côté de lui sa serviette et en se soulevant à demi.

Elle leva ses bons yeux, redevenus calmes et limpides, mais où palpitait son génie.

— Adèle, reprit-il, tu viens en quelques heures d'effacer jusqu'au souvenir de longues épreuves. Nous avons acquis l'expérience cruelle qu'il n'est point de crises, de maladies, de morts même qui vaillent en souffrances et en horreur les semaines que les médicastres nous ont imposées, ces abominables cures qui vous laissent affaiblis, écœurés et pantelants. Quelles que soient les épreuves qui nous attendent, nous sommes désormais suffisamment éclairés sur la valeur et la perfidie des régimes. Reprenons, pour ne plus la quitter, notre bonne vie et notre bonne cuisine d'autrefois et, dans la paix ou la souffrance, suivant ce qu'il plaira à Dieu de nous envoyer, achevons nos existences dans le culte de la chère et dans la joie de notre foyer.

Il s'était levé tout à fait et il avait pris par-dessus la table les mains d'Adèle, comme s'il lui demandait ce serment sur le souvenir du gâteau merveilleux de foies blonds et sur les nobles bouteilles vides.

ISBN : 978-3-98881-117-2

www.ingramcontent.com/pod-product-compliance
Ingram Content Group UK Ltd.
Pitfield, Milton Keynes, MK11 3LW, UK
UKHW011321120625
6369UKWH00025B/259